小学館文庫

世界からボクが消えたなら

—映画「世界から猫が消えたなら」キャベツの物語—

涌井 学 著
川村元気 原作

小学館

目次

世界からボクが消えたなら

モノローグ

プライベートの時間は大切だと思うんだ。

たとえそれが親友だったり恋人だったりしても、誰にもじゃまされたくない時がある。

窓の外を眺めながら物思いにふけりたい時、お腹《なか》がいっぱいで単純に眠い時。そういう時は、お気に入りのチェアにゆったりと身を沈めて静かな時間を楽しみたいじゃないか。これは当然の権利だと思うんだ。

なのにボクの同居人はあまり空気が読めない。ボクが常々「大事にしたい」と願っているプライベートな時間にずかずか踏み込んでくる。たとえば食事の後、ボクが明らかにコクリコクリと舟をこいでいるような時に、ボクを自分の隣に座らせてお腹に手を伸ばしてきたりする。

そんな時、ボクは心の中で「ほっといてくれ」と思いながらも、がまんすることにしている。要するに同居人はボクに甘えたいのだ。まだ年端も行かぬ子供が母親のひざを求めるようなものだ。そう思えば腹も立たない。

同居人が用意した食事が気に入らないこともままある。同居人はきっとバレていないと思っているのだろうけれど、月末になるといつもより食事の質が悪くなる。一口食べればすぐわかる。十円、二十円の値段のちがいなんてたいしたことないなどと思ってはいけない。それだけで、味はもちろん、食感からのどごしまで何もかもが変わるのだ。

同居人は毎朝、コーヒーとトースト、それに目玉焼きで朝食を摂《と》るから気づいていないのかもしれない。けれど、その食事の質の変化が、どれだけわびしくて切ないものであるか、同居人にはそこのところをもう少し理解してほしい。

まったく、同居ってやつは骨が折れるものだ。同居人は手が焼けるし、心の休まる暇がない。

でもまあ、ボクと同居人は、こんな暮らしを四年間続けてきた。

これもひとえに、ボクの紳士的な大人の対応によるものだと思うのだ。

ちなみに、ボクの名はキャベツ。

猫である。

さて、件《くだん》の同居人、つまりはボクのご主人さまは、頭の中にできた大きなデキモノのせいで、どうやらもうすぐ死ぬらしい。

ボクはほんの一週間前まで、このことを知らなかった。

それはご主人さまも同じだった。ちょうど六日前のあの日、ご主人さまは、通勤中の自転車で転倒して病院に運ばれ、そこで頭の中を写真に撮られて、医者にあっけなく、「あなたはもうすぐ死にます」と知らされた。

これからお話しするのは、同居人であるご主人さまと、猫であるボクとの一週間の記憶。

ご主人さまの、最後の一週間の出来事だ。

月曜日

悪魔がやってきた

1

隣で寝ぼけ眼《まなこ》のご主人さまが歯を磨いている。目の前にはパジャマ姿の一人の人間のオス（ご主人さま）と一匹の猫。灰色で額に三本の縦じまが入ったサバトラのオス猫がじっとこっちを見ている。

ご主人さまの歯ブラシがシャコシャコ鳴る。自動的にボクの右前足が伸びて、目の前のサバトラ猫を叩《たた》いた。するとサバトラ猫の方も左前足をすっと伸ばしてボクにちょっかいを出してくる。肉球と肉球が鏡にぶつかってヘコッと情けない音がする。ザワザワと血が騒ぎだす。連続して前足が伸びてしまう。お、なんだコイツ。やる気か？このボクとやる気なのか？

ご主人さまの眠そうな声。

「うん。ちがうぞキャベツ。それはお前だぞー。シャーとか言わない。恥ずかしいから。洗面台から降りなさい。鏡を叩くんじゃないの」

ボクが鼻をヒクヒクさせると真正面のサバトラ猫も即座に同じ仕草をしてくる。それが挑発に見えてイラッとくる。コイツ、どうしてくれようか。

「あーあー。鏡、お前の手のあとだらけになっちゃうじゃないか」

言いながらご主人さまは蛇口をひねる。プラスチックのコップに水を満たしていく。すると今度はボクの目は蛇口に釘付《くぎづ》けになる。

「あーもー。だからじゃまだってのキャベツ。お前、蛇口から出てくる水に頭つっこむのやめてくれよー。なんだよお前。ふだん水とかぜんぜん飲まないくせに、蛇口から出る水だけやたらと飲みにくるよなぁ」

ご主人さまが何を言っているのか理解に苦しむ。当たり前ではないか。皿に満たした水はのっぺりしていて動かないからまるで面白くないけど、蛇口から出る水は動いているのだ。動くものに反応するのは猫のサガというもの。ほうっておくわけにはいかないのだ。猫として。

ご主人さまはオス。たしか人間年齢で三十歳くらいだ。人間との生活は、衣食住が用意されるという意味で魅力的なのだけど、妙に寂しがり屋で甘えん坊の相手をしなければならないというおまけがついてくる。

しかし、人間というのは奇妙な生き物で、一人でいるときと他の人間の前にいるときとで性格がまるで変わる。一人のときは、寝ているボクの腹に顔を埋《うず》めながら、「キャベツはフカフカだなぁ。うへへ。あぁー。このモフモフ感、まるで低反発クッションみたい。ふひー」とか気持ち悪くニヤニヤしているくせに、一歩外に出ると、「一日の九割は世界平和について考えてますけど？」みたいな澄ました顔をしたりする。

たまにはグチも聞かされる。

「聞いてくれよキャベツ。今日さ、手紙を届けたらそれがご不幸を伝える通知だったみたいでさ、受け取ったその場で泣かれちゃったんだよ。つらいよ」

妙にテンション高く、喜びの声を聞かされることもある。

「聞いてよキャベツ！　坂本《さかもと》さん家《ち》の息子さんに合格通知が届いたんだよ！」

何を求めているのかまるでわからない。嬉《うれ》しい手紙を運んだ日の夜は一晩中ニヤニヤしているくせに、悲しい手紙を運んだ夜は一晩中凹《へこ》んでいる。どちらも自分とは何の関係もないというのに。何をそんなに騒ぐのだろうといつも思う。

郵便配達員の制服を着たご主人さまがドアを開け外に出て行く。閉まりかけのドアの向こうでボクに向かってヒラヒラと手を振ってみせる。

「じゃあ行ってくるよ。いいこにしてるんだぞ、キャベツ」

失礼な。ボクはもう四歳。子猫ではない。ご主人さまが階段を降りるカンカンという高い音。ボクはご主人さまの出勤を見送って、やれやれとゆっくり腰をあげる。

さて、ようやく自由な時間がやってきた。これからご主人さまが帰宅する夕方まで、あらゆるものからボクは自由だ。

とりあえず部屋中を見回してみた。ご主人さまの仕事着以外の服が壁のハンガーにいくつもかかっている。白いシャツ、黒いシャツ、グレーのシャツ、白いパンツ、黒いパンツ、あとグレーのパンツ。ボクの目がおかしくなったのかと疑いたくなるほどの見事なモノトーンっぷりだ。何を思っていっさいの色彩を拒絶するのかよくわからないが、とにかく自己主張がないにも程がある。その点、猫族は多種多様で、模様にも一匹一匹の個性がふんだんに表れていて誇らしく思う。ちなみにボクの毛色はグレー。日没直後の地平線間際の空の色に似ている。

ボクはご主人さまのベッドに飛び乗り、ひとしきりフカフカの布団を楽しんだ後でガラス窓に前足を伸ばした。人間は、自分たち以外には道具など扱えはしないと思い込んでいるようだけどそんなことはない。猫だって瞬間的には直立できる。直立できれば前足だって使える。前足が使えれば窓だって開けられる。閉められないけど。

ボクは目一杯体を伸ばし、カラカラと窓を開けてサッシにひょいと飛び移った。その場で満足の毛繕いをしてから大きなあくび。

前にご主人さまが、このアパートの大家に向かって、こんなことを言っているのを目撃したことがある。

「ウチの猫が勝手に窓を開けちゃうんです。だから僕、よく風邪ひいちゃって……」

笑い話みたいに言っていた。嫌なら鍵でもなんでもすればよい。でもそうしないのは、つまりはボクに「自由に外出していいよ」と言っているのと同じことなので、ボクは比較的自由に出入りさせてもらっている。ご主人さまのその心意気には感謝したい。しかしだ。ここで一言、猫を代表して言わせてもらいたい。「ウチの猫」とは何事か。まるで人間が猫を飼っているかのような口ぶりではないか。ついでにもう一つ。人間というのは基本的に小心者だというのに、そのくせ人間以外の生き物をナチュラルに下に見ているきらいがある。たとえば「飼い猫」「ノラ猫」という言葉。あまりにひどい。〝飼い〟も〝ノラ〟もない。猫は猫であり、自分のすみかと食事に人間を利用しているかしていないかのちがいでしかないのだ。

つまりはこういうことである。

人間に飼われている猫などいない。

猫の方が、人間のそばにいてやっているだけなのだ。

2

一日中気ままに街をぶらぶらして、そろそろ日が暮れるという時分になったのでご主人さまの部屋に戻ることにした。開け放したままの窓ガラスから、ご主人さまのベッドにトンと降りる。ていねいに毛づくろいをして、それから廊下にできている日だまりに向かう。窓からの日差しが作る日だまりに体を丸めながら、ああ、今日も平和であったと一日を振り返る。明日は何をしよう。一日中日向ぼっこをしようか。それともバッタの大量にいる草むらに行ってみようか。ああ……、そうだ。明日は商店街に行ってみようかな。そろそろ乾物屋が棚卸の時期で、店の主人が古くなった干物を一枚くらいくれるかもしれない……。まあ……、どっちにしても今日はもうおしまい。目が覚めてから何をするかをゆっくり考えよう……。……西日がポカポカする。うん。春はいいいな。まぶたがトロンとする。

「起きろよ猫ちゃん」

急に、耳元でかなりはっきりそう言われた。ボクはびっくりして背中の毛を逆立てる。飛び起きたら目の前に人間の男がいた。膝を折ってしゃがみ込み、ボクをじっと見下ろしている。

男が言った。

「こんばんは、キャベツくん。そしてはじめまして。悪魔です」

「悪魔です」のところでニッと唇を曲げて笑った。ボクは心臓がドキドキしている。何度も瞬く。そして「えっ？」と思う。真っ白いシャツにグレーのパンツ。モノクロ写真でもカラー写真でも区別がつかないような地味すぎる格好。ご主人さまの普段着。思わず声を上げた。

「ご主人さま？」

男が胸を反らせて大げさに右手をパタパタ振った。その一本一本の指が、小枝みたいに奇妙に長い。

「いえいえ。キミのご主人さまじゃないよ。あんな情けない男と勘ちがいされちゃあ困るね。オレは悪魔。まあ、いわゆる悪の化身だね」

目が点になる。だって目の前にいる男はご主人さまとそっくり同じ顔をしているのだ。ニヤニヤ笑っている。いや待てよ。この男、確かにご主人さまとは何かちがう。笑い方とか体の動かし方とか、そういう身のこなしみたいなものがご主人さまとまるでちがっている。それに、両手の十本の指――。妙に長い。

「いやあー。いいねいいね。思いっきり不審がってるね。まーそうだよね。キミのご主人をベースにしてるからね、オレの姿かたちは」

「ご主人さま……、じゃないの？」

「うん、ちがいます。オレみたいな悪魔はさ、基本的に決まった姿とかないんだよね。だから誰かの姿を借りるわけ。今回はさ、キミのご主人に用があってこっちの世界にやってきたから、まあ、そんじゃついでにキミのご主人の姿を借りようかなーって」

「悪魔……？　知ってるぞ。人間をたぶらかしたり災害を起こしたりする悪い奴だ」

「お！　猫ちゃんよくごぞんじで！　そうそうそんな感じ」

「前にご主人さまといっしょにDVDで観《み》たことがあるぞ。ニンニクと十字架が苦手で、月を見ると変身して、でも日の光にあたると体がとけて死ぬんだろう？」

「うん。なんか吸血鬼とかいろいろ混ざってる。まあいいや。悪魔は死なないよ。ていうか猫ちゃん、順応性高すぎない？　もっとビックリするところあると思うんだけど。ほら、キミとオレとで普通に会話が成り立ってるところとかさ」

「あ、ほんとだ。どうして？」

「……気づいてすらなかったわけね。まあほら、オレは悪魔なんで、心とかだいたい読めるんだよね。だから相手がたとえ猫ちゃんであっても問題なく会話できるってわけ。すごいでしょ」

「へえ」

「リアクション薄いなぁ……。なんか傷つくよ」

「ほかにも悪魔は何かできるの？」

「あー、まあ、だいたいのことはね。あ。未来とかもだいたいわかるよ。たとえば、キミのご主人がもうすぐ帰ってくるね。あと五秒。四秒……」

悪魔が人差し指を左右に振りながらリズミカルにカウントダウンをはじめた。ボクの目は悪魔の揺れる指に合わせて左右に揺れる。悪魔がニヤニヤしながら左右に揺れるボクの頭を眺めている。

「ゼロ。はい、帰宅ー」

同時にドアノブがガチャリと回った。ご主人さまが入ってくる。

「ただいま。キャベツ」

消えそうな声。ちょっと震えている。悪魔が一瞬で玄関先に移動して、右手をピンと立ててご主人さまの前に立った。

「よう。おかえり！」

「うわあ！」

ご主人さまが尻もちをつく。唇を震わせてアワアワ言っている。

「なに？　誰？　不法侵入？」

「失礼だなぁ。オレはキャベツくんの友達だよ？」

「ていうか僕⁉　僕と同じ顔⁉」

「あーもー。また説明するの本気でめんどくさい。オレ悪魔なんだけど、それで納得してくれないかなぁ」

それでご主人さまが納得するはずもなく、ご主人さまが息を整えて悪魔が説明を終えるまで十分近くかかった。ボクはフローリングの床に腰をつけて、二本の前足をピンと伸ばした姿勢で、玄関先で同じ顔の二人が会話するのを眺めている。

やがて舞台はリビングへ。いつものモノトーンの部屋着に着替えたご主人さまと、まったく同じ格好をした悪魔がテーブルを挟んで向かい合う。二人の前には湯気の立つマグカップ。ブラックコーヒーのご主人さまと、シュガーポット半分くらいの砂糖を投入した悪魔のコーヒー風味の砂糖菓子。

「……でさ、今日お前、通勤途中に自転車ごと倒れただろ。それで病院に運ばれて、お医者から聞かされたんだよな。アナタは悪性の脳腫瘍だって。それでもうすぐ死ぬって」

ご主人さまの顔色が真っ白になってる。ボクは耳を疑う。ご主人さまが死ぬ？　何それ？

ご主人さまが長いため息の後で言った。

「……知ってるんですね」

「まあね。悪魔なもんで」

「……それで、あなたがやってきたってわけですか」

「うんまあざっくり言うとそんな感じだね」

「僕……、本当に死ぬんですか？」

「うん。死ぬね」

「……いつ？」

「うん。わりとすぐ。ていうか明日だね」

ご主人さまの動きが止まった。口をパクパク開いたり閉じたりしている。

「明日の今ごろさ、キミの脳みその血管がデキモノに圧迫されてパーンと弾《はじ》けちゃうわけ。それで頭の中に血がドバーッと出てポックリ。ご愁傷様」

「明日……？　あとたった一日の命……？」

「そう。残念残念」

　悪魔がズズと音を立ててコーヒー（らしきドロドロの液体）を口に含んだ。空になったマグカップをテーブルにコツンと置いてからニヤリと笑って言う。

「でさぁ、オレがやってきた理由なんだけど……。聞いてる？」

　ご主人さまの顔は漂白剤で洗濯したシーツみたいに真っ白だ。

「え、あ、……はい」

「取り引きにきたんだよね。いわゆる悪魔の取り引きってヤツをしにさ」

「あ……。はい」

「ホントに大丈夫かよ。キミは明日死にます。これはいいね」

「あ……。はい」

「で、死にたい？」

「え？　死にたく……、ないです」

「だよね。じゃあ取り引きだ。あのさぁ、この世界からモノを一つ消してほしいんだよね。その代わりにキミの命を一日分だけ延ばしてあげる」

「消す……？　消すって何を」

「いろいろあるじゃない。この世界、いらないものだらけでしょ」

悪魔がキョロキョロ部屋の中を見回しはじめた。「こんなしょぼくれた部屋でもいろんなモノで溢《あふ》れてるじゃない。テレビにベッドに本にコップに歯ブラシハンガー体重計。みんな必要？　なくなると生きられない？」

「………………」

悪魔が立ち上がり、台所に行ってインスタントコーヒーのおかわりを作り始めた。再び投入される大量の砂糖。

「ま……。何を消すかはオレの方で決めるんだけどね」

そしてテーブルに戻ると同時にポツリと言った。ご主人さまが、二時間並んだのに自分の前の人で商品が売り切れたみたいながっかりの顔をしている。うつむき加減になってボソリと呟《つぶや》いた。

「……せっかくだから、大嫌いなパセリ消そうと思ったのに」

それを聞きとめた悪魔が、一気に「うわぁー」って顔になった。完全に呆《あき》れている。

「そんなのダメに決まってんじゃん。『何かを得るためには何かを失わなくてはならない』。これがこの世界のルールなの。嫌いなもの消した上で寿命も延びちゃったら、お前一挙両得じゃん。一人でＷＩＮＷＩＮじゃん」

「じゃあ……、僕はどうしたら」

「だからぁ、オレが消すモノ決めたら、『わかりました』って認めてくれりゃいいんだよ。それだけ」

「でも……。その選んだモノが、この世界から消えてしまうんでしょう？」

「そうだよ。そう言ってるじゃん」

「それって……、結構な大事《おおごと》なんじゃ」

「そうだよ。っていうか優柔不断だなお前。消すの？　消さないの？」

ご主人さまがしばし黙り込んだ。ためらってから小さく口を開く。

「じゃあ……、何を消すんですか」

悪魔の顔がパアッと明るくなった。

「お！　消すもの決めていいってことは取り引きに応じるわけね。いいね！　じゃあ何にしよっかなー。ええとぉー」

ものすごく嬉しそうに悪魔がキョロキョロと首を回し始めた。その瞬間に、テーブルの上に載せてあったご主人さまの携帯電話が震え出す。ボクはビクリと背中を震わせた。セミかと思った。

「あ……。電話です。出ていいですか？」

ご主人さまが律儀に悪魔に尋ねている。悪魔が肩すかしをくったみたいな顔をして、手のひらを上に向けて「どうぞ」と示した。

「もしもし……。あ、局長ですか。……あ、ご心配いただいて恐縮です。……あの、たいへん申し上げにくいんですが、あの……。ええ。すみませんが明日からしばらく休ませてもらえませんか。ええ……。あ！　いや、そんな重大な話じゃなくって、ちょっと体調が悪いっていうか……。ええ。すみません。ありがとうございます。よろしくお願いします」

また悪魔が呆れている。ボクの方を見て肩をすくめてみせる。「重大な話じゃないんだってさ。自分の命のことだってのに」

ボクは肯《うなず》く。まったくである。

ご主人さまが携帯電話をテーブルに置いた。ふうと長い息をつく。

悪魔がご主人さまの携帯電話に目を落としたまま、するっと言った。

「うん。それ消そう。それ、いらなそう」

「え？」

ご主人さまが面食らった顔になる。悪魔と同じように携帯電話に目を落とす。

「決めた！　この世界から電話を消そう！」

「電話……？　電話を消すんですか⁉」

「今そう言ったじゃない。消すんだよ。この世界から電話を」

「そんな……！　電話がなくなったら、誰とも電話できないじゃないですか！」

「……なんかイラッとするなお前の話し方。あたりまえだろ。消すって言ったら消すんだよ」

「世界から電話がなくなる……？」

悪魔が真顔で答える。

「そうだよ。ちなみに、オレが消すって決めた瞬間から一日がリミットだからね。明日の適当なタイミングで、この世界から電話、消えてなくなるから」

「適当なタイミングって、そんな大雑把な……」

「基本オレの気まぐれで決めるから。ラスト一日を提供してるだけでもかなり良心的だよコレ。いきなり消したっていいんだから本当は。それとも今消す？」

「いや、それは……」

「でしょ？　ラスト一日、気が利いてると思わない？」

「え……、あ……。まあ、ええ」

「でしょ？　悪魔の気遣い、わかんないかなぁ、コレ」

「じゃあ……、明日が電話のある最後の一日……」

「まあそういうことだね。いいの？　誰にもかけなくて？　あと一日で電話、なくなっちゃうんだよ」

「あ……。かけます」

「誰に？」

「え……？　誰に……？」

携帯電話のアドレス帳を開いていたご主人さまの指が止まった。今度はじっとまちがい探しでもするみたいに画面を眺めはじめる。少しずつ慎重に指を動かしている。

呟きが聞こえる。

「……局の同僚？　いや、高校のクラスメート？　いやいや、幼馴染《おさななじみ》のKのところ……？」

上下に動いていたご主人さまの目がピタリと止まった。「……実家……」

しばらくの間の後で、再び指が動き始めた。そのまま最後までスクロールしてしまったみたいだ。

「なに？　誰に電話するか決められないの？」

悪魔がニヤニヤしながら言う。ご主人さまは深刻な顔をして小さく肯く。

「そんなに何百件もアドレス登録しといて、最後に電話したいって人、誰もいないんだ」

ご主人さまが「ハッ」と気づいたように目を見開いた。小さく言う。

「います。いますよ」

「なに？　強がり？」

「ちがいます。アドレス帳に登録はしてないけど、いるんです。たった一つだけど、覚えている電話番号があるんです。僕、その人に電話、かけてきます」

ご主人さまが携帯電話を握って部屋を出て行った。取り残されたボクと悪魔は顔を見合わせる。悪魔が椅子を立ち、ボクの隣にベタリと腰を落とした。

「キミのご主人さま、生きるの下手そうだなぁ」

肯きたいところだけどグッとがまんする。ボクは悪魔を見上げて、さっきから不思議に思っていたことを聞いてみた。

「ねえ悪魔。ご主人さま、どうして迷ったのかな?」

「えあ? 何が?」

「自分の命を延ばすために、何か消さなきゃいけないって聞いてさ」

悪魔が鼻の頭をポリポリ掻《か》いている。

「あー。まあいろいろ考えたんじゃないの? 自分の都合で勝手にモノを消したら誰かの迷惑になるんじゃないかなーとか、自分勝手じゃないかなーとか」

考える。

「でも……。自分の命を延ばすためならしかたないじゃない」

悪魔が笑い出した。「お! いいねその悪魔っぽい発想! 気が合いそう」

こんな軽薄そうな悪魔に「気が合う」と言われても嬉しくはないけど、考えはする。

どうしてご主人さまは「電話を消す」程度のことに悩んだりしたんだろう。

だいたい、「電話」などという道具にそれほどの価値があるとはとても思えないのだ。電話というのは、相手が隣にいなくても話ができるという不思議な代物で、横着な人間にとっては確かに便利なのかもしれないけれど、それって本末転倒なんじゃないの？　って思うのだ。だって会えなきゃ匂いをかげない。尻尾《しっぽ》を絡められない。電話は〝会うこと〟の代用品でしかないのだから、電話がなくなったら直接会えばいいだけのことだ。そもそも、何かを消さなきゃ自分がこの世界から消えてしまうのなら、そんなの選択の余地なんてないじゃないか。自分がいなくなってしまったら、こんな世界あってもなくても同じだ。

「オレも不思議に思うんだよね。オレさ、こんな感じで今まで結構大勢の人間に取り引きを持ちかけてきたんだけど、みんな例外なく悩むんだよね。二つ返事で『やります。よっしゃー！』ってなった人間は一人もいないんだ。ま……、『やりません』って人間も一人もいなかったけどさ」

ボクも不思議に思う。

「……自分の命と比べられるモノなんて、この世界に存在するのかな」

「お、猫ちゃん難しいこと言うね。無いよそんなモノ。自分の命は他の何物にも優先する。あたりまえじゃないか。自分がいなかったら、オイシイものだって食べられないし、恋愛だってできないし、旅行にも行けない。高級な車を買ったって意味がない。オレは素直にそう思うんだけどなぁ……。あ、ご主人帰ってきたぜ」

携帯電話をギュッと握りしめたままご主人さまが戻ってきた。ボクにチラリと目を落としてから、悪魔に向き直って上司に帰社を報告する新入社員みたいに言う。

「あ……。戻りました」

ご主人さまの頬が心なしか火照っているようだ。悪魔が鼻をヒクヒクさせながらご主人さまに尋ねた。

「で、最後の電話を誰にしたわけ?」

「…………」

「ふうん。まあいいや。で、つながったわけ? 彼女に電話は」

「何で〝彼女〟って……!」

「あ、言ってなかったっけ。オレ悪魔なんで心とか読めるんだよね。だから隠し事とか無駄だから」

「……!」

「で?」

「あ……、はい。……とれました」

「あそう。じゃあ良かったじゃん。明日、その彼女と会うんでしょ? これで電話がなくなっても心残りとかないね」

「……ええ」

悪魔が見透かすような目でご主人さまを見ている。ご主人さまは悪魔と目を合わさない。まるで心の中を見られているのを恥じているみたいだ。

「じゃあ、オレは一旦消えるわ。また明日。電話のある最後の一日を楽しんで」

悪魔が肘を折った右手を顔の横にひょいと立てた。同時に悪魔の色が消失していく。水に垂らしたインクのように、悪魔を構成していた色という色がすべて四方に拡散して消えていく。あっという間に透明になって姿が見えなくなった。

ご主人さまが口をポカンと開けて立ちすくんでいる。

ボクを見た。

「今の見た？　キャベツ……。あいつ、ほんとに悪魔なんだなぁ……」

3

夜が更けるとご主人さまはベッドに入り、シーツを少しだけめくってボクを迎え入れる。

たとえもう少し遊んでいたくても、ご主人さまがそうしたら、とりあえずボクはその隙間に収まることにしている。そうしないとご主人さまがとても悲しそうな顔をするのを知っているからだ。ご主人さまの安眠のためには、ボクの背中のフーカフーカした感触が必要なのだ。だから行く。これはボクの情け。人間と同居する猫の義務みたいなものだ。

ご主人さまは、ベッドに丸まったボクの背中をなでながらよくいろいろな話をする。今日は珍しく昔の話だった。もう何年も前。下手したら十年近くも昔の話。まだボクは生まれてすらいなくて、ご主人さまが大学生だった頃の話。ご主人さまはある女性のことが好きだった。

「彼女との出会いはとても不思議だったんだよ。『こんなことありえるんだ』ってビックリするような出会い方でさ……」

語るご主人さまの声は小さくて静かだ。ボクの背中をずっとなでている。ボクは目を閉じて聞いている。

「きっかけはまちがい電話だったんだよ。観ていた映画がクライマックスに差し掛かったあたりだったから、電話が鳴ったとき、本当はちょっとイラッとした。しかたなく受話器を取ったら、電話口で女の人が、『関《せき》さんのお宅ですか？』とか言うんだ。『ちがいます。まちがいですよ』って答えようとしたら、彼女がさ、『この音楽……。もしかして今、「メトロポリス」観てます？』って言うんだ。びっくりしたよ。『フリッツ・ラングの「メトロポリス」ですよね。あ……、今もう終わりの方ですね。地下都市が水没しそうになってますよね。でも大丈夫。ギリギリで子供たちは助かります』ってさ。ゴムボールが弾むみたいな声で言うんだ」

ボクの鼻がフガッと小さく鳴る。ご主人さまの手はボクの背をフーカフーカとなで続ける。

「僕、ポカンとしちゃってさ……。『すごい。よくわかりますね』って答えた。そしたら彼女が言ったんだ。急にすまなそうな声になって、『ごめんなさい。先に結末を言ってしまって。ほんとうにごめんなさい。どうしよう』ってさ。僕、笑っちゃったよ。『いや、良かったです。後味の悪い終わり方だったら嫌だなと思ってたところだったんです。これで安心して観られます』って答えた。そしたら彼女、心の底からほっとしたような声になって『そうですか』って。――いい人なんだなって思った」

ご主人さまのボクをなでる手はやわらかい。ボクはこの感触が好きだ。ほっとする。

「それがきっかけだったんだ。すごい偶然だろう？　たまたま僕が『メトロポリス』を観ていたときに、たまたま彼女からまちがい電話がかかってきて、その彼女がそんな古い映画を知っていた。その上さ……、彼女と僕は、同じ大学の学生だったんだからら……。そんな偶然なんてふつうありえないだろう？　だから……、僕は……、彼女との出会いを……」

ご主人さまの声が途切れ途切れになってくる。ボクも大きなあくびをひとつ。

「きっと……、運命なんだと……」

ボクの背をなでるご主人さまの手が止まった。心地よい重みだけがボクの背中に乗っかっている。

ご主人さまはいつの間にか寝息を立てていた。


悪魔は言った。

「明日、死ぬよ」

このご主人さまが死ぬというのだ。ここからいなくなるというのだ。

もうずいぶん前の事になるけど、車にひかれて死んだ猫を見たことがある。

車通りの多い道路の片隅に、ひっそりとそれは転がっていた。

死んでからもうずいぶん経《た》っているみたいで、血は乾いていたし、なんだかカサカサしていたし、まるで何かのぬけがらみたいだった。

その時にボクは思ったんだ。ああ、死ぬってこういうことなんだ。

死ぬともう動けない。何も食べられない。鳴き声を上げられない。何もかもが止まってしまう。

だけど、だからといって何も変わりはしない。いつも通り車は走っているし、人間は忙しそうだし、日は暮れるし、カラスはカアカア鳴いている。つまりはこういうことだ。

一匹の猫が死んでも、世界は何も変わらない。

ただ、この世界から猫が一匹、いなくなるだけなのだ。

そう思っていたから、ご主人さまが、「明日死ぬ」と言われて、どうして悲しむのかがよくわからなかった。

だって、世界は何も変わらないのに。

そもそも、自分が死んだことをわかっている人はいないのに。

だから——、ボクなりに考えてみた。

死んでしまうと、もうご飯が食べられないから？

死んでしまうと、もう映画が観られないから？

あ、遠くへ旅行に行くこともできなくなる。日向ぼっこももうできない。夜の散歩は気持ちいいものな。月明かりの下、大きなあくびをすることもできない。

ううむ。それはなかなかに嫌だな。

考えていたらだんだん悲しくなってきた。そうか。つまり、まだまだいろいろやりたいことやおいしいものがあるのに、それがもうできなくなったり食べられなくなったりするのが嫌なんだ。

だからきっとご主人さまは悲しいんだ。

そう考えたら少しだけ納得できた。

ご主人さまが隣で寝息を立てている。閉じた目が、薄明かりの中でなんだかチラチラと光って見える。

ボクも眠ろうと思う。

明日は、「電話」のある最後の一日。

ご主人さまが、「彼女」に会いに行く日だ。

火曜日

世界から電話が消えたなら

1

いつも不思議に思うんだ。どうして人間は、自分で勝手に決めたきまりにしばられて、それを「苦しい」とか「辛《つら》い」とか言ってるんだろうって。朝は何時に起きなきゃいけない。一週間のうち五日間は決まった場所にお勤めに行かなきゃいけない。自分の都合で勝手に休んだりしちゃいけない。

食べたいものを好きに食べちゃいけないっていうのも妙な話だと思う。お腹が空《す》いてもそれが決められた食事の時間じゃないと行儀が悪いと言う。肉ばっかり食べちゃいけないバランスよく野菜も食べなきゃいけない。過食はいけない。小食すぎるのもダメ。運動もしなきゃたくさん歩かなきゃ。太りすぎはダメ。痩せすぎもダメ。毎日決まった時間に眠らなきゃいけない。健全でつつがない人生を送るためには、これらたくさんの〝自分で勝手につくったきまり〟を守らなきゃいけない。挙げ句それを「ストレスだ」とか言ってる。

だったら守らなきゃいいじゃないかと思う。会社に行くのなんてやめて、好きなものを好きなときに食べて、好きなときに好きな人に会いに行けばいい。人間はなぜか、「そんなことできない」と思い込んでいる。すぐ身近に猫という実践者がいるというのに、まるでそれが見えていないみたいだ。

今朝、ご主人さまはいつも通り七時に目を覚まして、朝食をパンとコーヒーで済ませてシャワーに向かった。これもいつも通り。いつもの朝。決まりきった生活。とても、悪魔と取り引きしなければ今日にも死ぬ人間とは思えない。

「ホント。君のご主人、良くも悪くもマイペースだよねえ」

いつの間にか、アパートの部屋の中に悪魔が立っていた。ボクはびっくりして飛び上がる。

「悪魔!?」

「よっほい」

すごく微妙なあいさつで悪魔が声をかけてきた。またご主人さまと同じ姿をしている。

ボクは重いため息。

「なんだよなんだよ。猫ちゃんため息とかついちゃってさー。ご機嫌斜め?」

いま、悪魔の顔を見た瞬間から四十五度くらい傾いたのだ。悪魔がニヤニヤしている。

「なに？　ご主人はシャワー中？　いいねいいね。最後のデートに気合い入れまくってるわけね。精一杯おしゃれして、歯とか一本一本時間かけて磨いちゃったりしてさー」

「悪魔は悪趣味だなぁ……」

「そうだよ悪魔だもの。でもいいねー。やっぱりアレかな？　久しぶりの再会で互いに気持ち盛り上がっちゃって、お別れにキッスとかなっても大丈夫なようにって感じなのかな？」

　下品である。

「でさー、今日のデートなんだけど、悪魔的にはやっぱり見守ってやりたいわけよ。君のご主人がどんな一日を彼女と過ごすのか、見届けたいわけよ」

　下世話なセリフを下世話な態度と物言いで言ってのける。流石《さすが》は悪魔だ。

「猫ちゃんも興味あるでしょ？　いっしょに行く？」

「ご主人さまの後をつけるの？」

「んーん。そんなことしません。忘れちゃ困るよオレ悪魔なんだよ。なんと！　悪魔のスーパーパワーで姿を消せるんです！　だから見つかる心配なんてナッシング！　尾行とか超楽ちん！」

「へえ」

「相変わらずリアクション薄いなぁ……」

「悪魔はいつもそんなことしてるの？」

「ぐ……！　純真そうな目で言われると何か傷つく。別にあれだから。趣味とかじゃなくて仕事だから！　見届けるのが悪魔の役割なんだよ」

「ふうん」

「でさ、一人で見ててもつまんないから猫ちゃんも行こうよ。一緒にご主人の一日を観察しようぜ。きっと楽しいぞー」

我が子に相手にされない悲しいお父さんみたいな口調で悪魔が言ってきた。興味がどうこうより悪魔が哀れな気がしてボクはしぶしぶ肯く。途端に悪魔がものすごい笑顔になった。

「よっしゃいいね！　じゃあ猫ちゃんオレの肩にどうぞ。乗っちゃって乗っちゃって」

悪魔がおんぶの姿勢でしゃがみ込んでボクを待ってる。ボクはひょいとその肩に乗ってやった。悪魔が立ち上がる。首筋から、氷に活《い》けられた花みたいな冷たい香りがする。悪魔が首だけで振り返ってニッと笑った。同時に右手の人差し指をフッと振る。

その瞬間に、体中にゾワリと寒気が走った。悪魔が囁《ささや》く。

「はい。消えた。これでＯＫ」

ボクはぽかんとする。何も変わっていないのだ。ボクの下には悪魔の肩があるし、ボク自身も消えちゃいない。

「え？　これでいいの？」

「いいのいいの。ほら、鏡見てごらん」

悪魔が部屋の片隅に立てかけてある姿見に体を向けた。びっくりする。そこには何も映っていなかった。

「まあ、姿を消すっていうか、人間とか動物が認識できないようにするっていう感じだね。知ってた？　悪魔とか神様とか、結構こんな感じで人間界にもいたりするんだぜ」

「へえ」

悪魔が苦笑いしている。「だからリアクション薄いって」

悪魔が腕を伸ばしてベッド脇の窓をカラカラと開けた。何をしているんだろうと思ったとたんに、バスタオルで頭をワシャワシャ拭きながらご主人さまが部屋に戻ってきた。首をきょろきょろ回して呟く。

「あれ？　キャベツ？　どこ行ったの？」

やはりボクと悪魔の姿は見えていないらしい。ご主人さまがベッド脇の開いている窓を見て、「ふう」と息をついた。

「また勝手に出て行ったのか……。まったくしょうがないな、キャベツは」

濡《ぬ》れ衣《ぎぬ》である。けれど納得した。なるほど。悪魔はこのために窓を開けたのか。なかなか狡《こす》いな、悪魔の奴め。

ご主人さまが部屋着から外着に着替えを済ませ、ふたたび洗面所に消えて行った。姿を消したまま人の生活を眺めるというのはなかなか心を締め付けるものがある。奇妙な罪悪感だ。

悪魔が笑っている。

「気にすることないって。どうせ相手からは見えやしないんだから。それよりさ、今日のデートだよ。猫ちゃんは知ってるわけ？　ご主人の元カノのこと」

「ううん。直接は知らない。けど昨日の夜、ベッドの中でご主人さまがいろいろ話してくれたよ。彼女とどうやって出会ったのかとか、どんなふうに付き合ってきたのかとか」

「へええ。何年も前に別れた彼女のことをねえ……。まあまあ、けなげなこと」

「ご主人さま、まるでつい最近のことみたいに話してた」

悪魔が深く肯いてみせる。ふうん。へえ。なるほどって多すぎるくらいに相槌《あいづち》を打ってくる。

「まあね、人間ってのは過去に生きてるからね。その人間の持ってる記憶が、その人間の今を決めたりするしね。まったく人間ってのは、確立した個ってものがなくてかわいそうだよ」

そんなことを言う。外出の準備を終えたご主人さまが、忘れ物がないか部屋の中を見回してから玄関に向かった。悪魔が嬉しそうにボクに言う。

「さ、いよいよデートだ。オレたちも行くよ、猫ちゃん」

2

「ミナト座」と書かれたレトロで小さな映画館の前には、これまた見事なまでにレトロな時計台があった。その下は小さな植え込みになっていて、オスやメスの人間が数人、携帯電話を眺めたり、腕時計を気にしたりしながら誰かを待っている。

ボクのご主人さまもその中にいた。落ち着かない様子でソワソワしながら時々携帯電話を覗《のぞ》いている。画面が明るくなるたびに、それを覗き込むご主人さまの顔が少しだけ白く光る。何度目だろう。携帯電話から顔を上げたご主人さまが、パッと表情を明るくした。顔の横に軽く右手を上げてみせる。

「ひさしぶり」

笑った。女性の声がご主人さまに届く。

明るい色のワンピース、その上にアイボリーのロングコート。柔らかそうな長い髪をした小柄な女性だった。ご主人さまの前に立って、ご主人さまの顔をじっと見つめる。目を逸《そ》らさない。笑顔のまま何度か瞬いた。ご主人さまの喉が鳴る。かすれた声で呟いた。

「あ……。ひさしぶり」

無理やり絞り出したみたいな声だった。それを聞いて彼女がまた笑う。

「どうかな？　元気にしてた？」

「あ、うん。……君は？」

「うん。見ての通り」

「…………」

「…………」

沈黙が長い。ボクは〝彼女〟を観察しつつ率直な感想を述べてみる。

「ふうん。あの人がご主人さまの彼女か」

悪魔がすかさず口を挟んできた。「〝元〟な。そこまちがうと怒られるよ」

ようやくご主人さまが口を開いた。

「……あのさ」

「はい？」

「……あのさ、……急に呼び出してすみません」

「ううん」

「…………」

「で？　どうしたの？」

「あ。うん。あの……、電話がね」

「電話？」

「うん。あの、電話を……。電話をしたくなったっていうか」

彼女が笑っている。

「どうして？」

「うん。あのさ、たとえば……、たとえばなんだけど、世界から電話を消さないと死んでしまうって言われたとして、それで最後に誰に電話をかけようかって考えたんだ」

「……たとえ話にしないと物事が考えられないところ、変わらないんだね」

「あ……。うん。……僕、前からそうだっけ？」

彼女は笑顔のまま。

「そう。出会ったときからずっとそうだよ。印象に残ってるもん。あなたが私に『付き合おう』って言ったとき」

「え？　……僕、何て言ったっけ……？」

笑っている。

「『仮に、……僕があなたを好きだと言ったら、あなたは何て言いますか？』」

　ご主人さまが顔を歪《ゆが》めた。照れているような恥じているような、それでいてちょっと凹んでいるような微妙な表情だ。

「僕……、そんな言い方したっけ？」

「したよ」

「仮に、そう言っていたとしたら、僕……、相当なヘタレだよね」

「ヘタレだよ。わたし笑っちゃったもの。『ああ、この人はすごく緊張してるんだな。きっとすごく怖いんだな』って思って」

「恥ずかしい。すごく今。猛烈に。人に聞かれたくない」

「ね。じゃあ場所を変えて話そうか」

「あ……、うん。前によく行ってたあの喫茶店、まだあるかな」

「あるよ。わたしいまだに常連客だから」

「はは。そうなんだ。じゃああそこに。久しぶりだなぁ」

「うん。行こう」

　並んで歩き出す。少し歩いてから、ご主人さまがほんの少しだけ彼女に身を寄せて言った。

「あのさ、あの店の〝口どけオムライス〟まだあるのかな」

　彼女の笑い声。

「あるよ。好きだったものね。あなたは」

「うん。オムライスなのに、パセリが載ってないところが特に好きだった」

「まだパセリ食べられないんだ」

笑い声が遠くなる。ご主人さまの声も混ざっている。悪魔が肩の上のボクを見ている。

「君のご主人、あんな顔もするんだ」

ホントだ。知らなかった。こんなふうにご主人さまは笑うんだ。


「あそこのテーブルに二人は座るよ」

喫茶店に先回りして、ご主人さまたちが座るテーブルがよく見える席を確保した。その途端に悪魔がメニュー表をつかんで手放さなくなった。メニュー表のデザートの欄を、血の涙でも滲《にじ》みそうな目で凝視している。どうやら葛藤の最中らしい。呟きが口から洩《も》れてしまっている。

「うう。姿を消したままじゃ注文できない。だけど姿を現しちゃったら彼に見つかっちゃって神さまに怒られる。どうしようどうしよう。こんなに悩むの有史以来だよ」

呆れる。悪魔が千切れんばかりに下唇を嚙《か》みしめてボクを向いた。

「だって猫ちゃんこれどうよ⁉︎　あつあつデニッシュパンケーキの上にひんやりソ

フトクリーム。その上サイドにさくらんぼ。英語で言ったらPut a soft cream and a cherry on top of the Danishだよ!?　うわあああ！　ぜったい旨《うま》いよコレ。食わなかったらオレはオレを一生許せないかもしれない。ねえ食べていい？　食べていいかな？」

「………」

「いいって言ってよ！　オレは誰かの許可がないと原則自分じゃ行動できないんだよ！　っていうか絶対食う。もういいや姿現してでも食う。あっ！　店員さーん、注文いいで」

　悪魔が姿を現そうとした瞬間、喫茶店のドア鈴がカランカラン鳴り出した。

「あ。ご主人さまと彼女きた」

「え？　ウソ!?　やばっ」

　また姿を消す。声だけかけられた店員さんがかわいそうにボクらの脇をうろうろしている。悪魔が、「タイミング悪いんだよチクショウ」とうつむきながら毒づく。

　アーチのように観葉植物の立った窓際の席に、ご主人さまと彼女が収まった。どっちがどっちの席につくのか習慣的にわかっているみたい。迷いなく座る。

「ブレンドコーヒーをください」

「あ、わたしはホットココアを」

ご主人さまが微笑《ほほえ》んだ。「そうだった。君はいつもココアを飲んでた」

「あなたは必ずコーヒーよね。ブラックの」

会話はまだ途切れずに続いているみたいだ。

「で……？　昔の彼女と会ってどうするの？」

「あ……、いやごめん。特に考えてはいないんだ。ただ、電話がしたかっただけだから」

「ふうん。あなたは昔から電話が好きだったものね」

「え？　別に好きじゃないよ。電話が好きなのは君なんだと思ってた」

「え？」

「え？」

「だって、こうして会っているとぜんぜん話してくれないのに、電話だとあなたはすごくたくさんしゃべってくれたじゃない」

「君の方こそ。電話だとすごく楽しそうに話を聞いてくれるから、『ああ、この人は電話が好きなんだな』って、僕、ずっとそう思ってたんだよ」

「そうなの？」

「うん。え？　あれ？　ちがうの？」

「……あはは。あなたらしい。わたしは、いつもあんまりしゃべらないあなたが、すごく楽しそうに話してくれるのが嬉しかったの。電話が好きなんじゃなくて、あなたと電話で話すのが好きだっただけ」

「あ……。そうか。僕も同じだ。君と電話で話すのが好きだった」

「デートして帰って来てから電話で話したりしたものね。何時間も」

「そうだった。家に帰ってすぐに君に電話するのが常だったっけ」

「歩いて二十分の距離に住んでたのにね。四時間も五時間も電話して……。会った方が早いよねっていっしょに笑ったりして」

「話がつきなくて、電話機の充電が切れるまで粘ったこともあったっけ」

「あはは。あったね。一晩中電話して、次の日のデートは二人とも寝不足になったりして……」

「ホントだ。ばかみたいだね」

「うん。ばかみたい。でも、すごく楽しかった」

二人が同時にカップに手を伸ばした。ひと啜《すす》りして、同時にニコリと微笑む。

「うわー。まるでカップルじゃないスか」

悪魔がいつの間にかパンケーキをくわえていた。食パンくわえた女子高生みたいにデニッシュを口にひっかけたまま、載せすぎたクリームで上唇を真っ白にしている。

「あ……。〝元〟とはいえ彼氏、彼女なんだっけ。いいなー、うらやましいなー」

冷たく言ってやった。

「どうしたのさ悪魔、そのパンケーキ」

ゴクリと飲み込む。

「やばっ。これ激ウマ！ ヤバいってコレ。人知超えてるって！」

そして質問に答えない。フォークで一切れ丁寧に皿から掬《すく》い取ってボクにそれを示す。

「猫ちゃんも食べる？」

猫に生クリームを勧めるとは何事か。間接的にボクの命まで奪おうとしてるんじゃないのかこの悪魔は。

「どうやって注文したのそれ？」

「え？ そりゃまあ別の人間に化けて、こうゴニョゴニョっと」

「悪魔はもう少しガマンとか身に付けたほうがいいよ」

「うへえ。猫ちゃんに説教された」

言いながらもバクバク食べている。ご主人さまと彼女の再会が台無しだ。

「でもまあ、いくら話したって〝過去のこと〟なんだよね。今を生きなきゃ今を。今日を限りの命なんだしさ」

悪魔の言葉がサクリと刺さる。

彼女がカップをコトリと置いた。

「……それで、あれからお父さんとは？」

会話の向きが変わって、ご主人さまの声が少しだけ沈んだみたいだ。

「いや……。会ってないんだ。母さんの臨終にも立ち会わないようなあんな男、父親だと思ってないし……」

「そうなの」

「全然見舞いにも来なかったし……。臨終のときだって、壊れた時計を直すのに必死で間に合わなかったとか言ったんだよ。あいつには人の心なんかないんだ」

「……お母さん、二人に仲良くしてもらいたいってよく言ってたけど」

ご主人さまが無理に声を明るくした。別の話を始める。

「──あのさ、レタスのこと、覚えてる？」

ご主人さまの口から聞き慣れない名が出てきた。ボクは耳をピクリと震わせる。ボクの名はキャベツだ。ご主人さまが言ったのはレタス。そういえば、ご主人さまから聞いたことがある。ボクの前にご主人さまと暮らしていた猫の話。ボクの先輩のこと。

彼女が微笑む。

「レタス……。懐かしいね」

「うん。ふてぶてしい猫だった」

「でも可愛《かわい》かった」

「すごく気分屋でさ」

「でもわたしにはよく懐いてた」

ご主人さまが笑う。

「……正直言うとね。君と付き合っているときでも、僕は君と話をするのに緊張していたんだ。どうしても言葉が出てこないときには、いつもレタスを連れてきて、君と僕の間に座らせたりしてた。それを思い出したんだ」

彼女がクスクス笑い出した。

「知ってたよ」

「え？　気づいてたの？」

「わかるよ。だってあなたは、こうして二人で会っているときはいつも無口だったもの。電話で話しているときはすごくよくしゃべるのに。あのとき、私たちの間にレタスがいてくれたから、わたしもすごく話がしやすかった。電話も同じ」

「はは……。バレてたんだ。その通りだよ。レタスにずいぶん助けてもらった」

「すごく、堂々とした猫だったよね。レタスは」

「うん。物怖《ものお》じしないっていうか、時々、この猫は何もかもわかってるんじゃないかってくらい、見透かすような目をしていた」

「でも猫らしくもあった」

「うん。携帯電話がバイブモードで震え出すとさ、レタスがどこからかやってきて携帯に飛びつくんだ」

「そうそう。すごく真剣な顔してブルブル震えてる携帯電話をパシパシ叩き出すのよね」

「そのせいで僕の携帯は買い替えてもすぐにボロボロ」

「あはは。わたし、携帯を持ってないのをはじめてうらやましがられたもの」

「はは。だって僕ばっかり被害者じゃないか」

「素敵な猫だった」

「うん」

「また会いたいな」

「……うん」

またお茶をひと啜り。ご主人さまがもうひとつ声のトーンを上げる。

「あのさ、君は知らないだろうけどレタスの後輩の猫がいるんだ。キャベツって言うんだけど」

「キャベツ？」

「そうキャベツ。レタスの後輩だからキャベツ」

「あはは。おかしい。——ってちょっと待って。キャベツ……。キャベツ……。思い出した！　わたし、キャベツくんに一度だけ会ってる」

「え？　どうして？　キャベツを飼いはじめたのは、君と別れてからずいぶん経ってからのことだと思うけど……」

「実はね、あなたと別れた後も、お母さんとはときどき会ってたの。最後にお母さんに会ったとき、『レタスの後輩のキャベツよ』って紹介された。まだすごくちっちゃな子猫だったけど」

「そうなんだ……」

　ご主人さまがポケットに手をつっこんで何かを取り出した。それをテーブルに置く。そして楽しそうに笑ってみせる。

「ほら、見てよ。僕の携帯電話、ボロボロだろ。キャベツがさ、レタスとおんなじで、携帯電話が震え出すと飛びついてくるんだよ。だから新品の携帯もすぐにボロボロ。きっと虫か何かと勘ちがいしてるんだろうね」

　彼女も顔をほころばせた。

「あはは。レタスとおんなじ」

「変なところだけ似てるんだよ。レタスとキャベツは」

「そのキャベツくんは、元気なの？」

「元気だよ。ものすごくね。そうそう、キャベツには好物があってね。これがまたおかしいんだけど、猫のくせに甘栗が大好きでさ……」

ボクは目を丸くしたまま、ご主人さまとその元彼女を眺めていた。隣で悪魔が空になった皿を胸の前に抱えている。

「あのさ猫ちゃん……。キミのご主人はなんであの彼女と別れたわけ？」

ボクを見た。

「さあ」

人間の男女というのは不思議だ。ご主人さまとDVDを観ていていつも思う。映画の中では男が女に、女が男に恋をする。観察するに、恋というのは、人間が自分以外の人間を自分以上に大切にする行為のようだ。恋人が悪者に傷つけられると主人公は怒る。恋人をさらわれれば、世界の果てだろうと取り戻しに飛んでいく。そして決して挫《くじ》けない。

どうしてあきらめないんだろう。

なんでそこまでするんだろう。

いつも思うのだ。なぜ？　って。

ご主人さまが彼女から目を離し、コーヒーカップを見つめながらポツリと言った。

「どうして……、別れちゃったんだろうなぁ。僕たち」

彼女は答えない。

「こうして話していると、付き合っていたときと何がちがうのかわからないくらいだ」

彼女はほんの少しだけ微笑む。ご主人さまを見ずに。

「別に、わたしたちは、お互いに嫌いになって別れたわけじゃないし……。でも、あるんだよ。そういうのって」

「……うん」

ご主人さまの唇が動く。声にせずに何かを呟いた。

「あるん、だろうね」

3

ご主人さまと彼女はミナト座に向かっていた。時計台が少しずつ近づいてくる。

「結構話し込んじゃったね」

「あ、うん」

「結局、あなたが何を言いたかったのかよくわからなかったけれど」

彼女が笑っている。楽しそうに。さわやかな風に吹かれながら散歩でもしてるみたいに。

「……うん。あのさ、実は僕さ」

笑顔のまま彼女が振りかえる。

「うん？」

ご主人さまの口は止まってしまう。「あ……。うん。……そうだ。まだ、映画館の二階の部屋に住んでるんだね」

「そう。何といっても職場に直結だし。お客さんがいなくなった劇場で、貸切で映画観られる特典付きだから」

「映画……。好きだったものね。『メトロポリス』のときだって……」

「うん。好きだよ。今も好き。これからもずっと、好きだと思う。……どうしたの？しんみりしてるみたいだけど」

「あ、うん」

彼女が立ち止まった。ご主人さまを振り返る。今度はじっと目を見つめている。

「言いなよ。あなたは、何をわたしに伝えたいの？」

ご主人さまが曖昧に笑って目を逸らそうとした。彼女が手を添えて、ご主人さまの顔を真正面に向ける。

「言って」

ご主人さまの喉が鳴った。

「……迷ってたんだ。言っても困らせるだけかもしれないって。言うのは結局、僕の自己満足でしかないんじゃないかと思って」

「構わないから」

「……うん。あのさ……、僕」

「うん」

「死ぬんだ。もうすぐ」

彼女の目が見開かれたままになった。ご主人さまが、一瞬だけ表情に迷った後で、ゆっくりと頬を緩めていく。「脳腫瘍で、末期らしい……。……でも気にしないで。君は何も気に病む必要なんてないから。僕が自分で何とか乗り越えるから。僕の問題であって、君には何の関係もないんだから……」

彼女が眉をしかめた。ご主人さまの頬に当てている手に力をこめる。

「そういうところ」

「え……？」

「そういうところ、嫌いだった」

「…………」

彼女がご主人さまの顔から手を離した。ご主人さまの隣に並ぶ。

「さっきのたとえ話だけど、わたしは、世界から電話、消えてほしくないな」

「え……？」

「だって、電話がなかったら、わたしとあなたも出会わなかったわけだし。……わたしは、あなたと出会いたかった。あなたと、電話で話をしたかったもの」

「…………」

彼女が映画館の二階をゆっくりと見上げた。

「……もう行かなきゃ。もうすぐ仕事だし、やらなきゃいけないことができたから」

「え……？　ああ、そう……。そうだね。最後に君に会えて嬉しかった」

彼女がご主人さまを向く。じっと見る。

「ねえ、あなたが死んだら、キャベツくんはどうなるの？」

「あ……。キャベツは誰かに預けようと思ってる」

「そう。どうしようもなくなったら、言ってね」

「……ありがとう」

彼女が笑った。その顔は、すごくきれいだった。

「いいえ。どういたしまして」

ご主人さまは路面電車に揺られている。日が落ちた街はところどころオレンジで、時々黄色くて、いろんな話し声や音が飛び交っている。ご主人さまは座席に腰かけてうなだれていた。彼女と別れてから三十分ほどずっとだ。手の中に携帯電話を握り締めたまま、しぼりかすみたいになって。

路面電車のドア付近で吊《つ》り革をつかんだまま悪魔がニヤニヤしている。ボクに聞こえるようにして言う。

「いやあー、最後のデート、なかなかいい雰囲気だったよねえ。特に最後の『もうすぐ死ぬんだ』あたりとか、もう泣けちゃって泣けちゃって」

「………」

「じゃあそろそろ行こうかな。猫ちゃんはここで待っててね。姿は消しておくから」

悪魔がボクをつかんで肩から降ろした。ボクは悪魔を見上げ、それからご主人さまを向く。悪魔がご主人さまの前に立った。いきなり言う。

「おつかれさん。どうだった？　最後のデートは」

どうやらご主人さまにだけ見えるようにしているらしい。器用なものだ。まわりの乗客たちは何も気づいていないみたい。無反応のご主人さまの前で、悪魔が長い指をヒラヒラと振っている。

「生きるって素晴らしいでしょ？　実感したんじゃない？　『あー、オレ生きてる』ってさ」

「………」

「フフ。じゃあそろそろ消しますか。この世界から電話、消しちゃいますか」

悪魔がご主人さまの携帯電話をつまみ上げた。それにフッと息を吹きかける。その瞬間に世界が震えた。同じ景色を写して重ねた二枚の写真をほんの少しだけずらしたみたいに、景色が一瞬だけブレて、わずかな違和感を含んだまま元に戻る。携帯電話のまわり、数十センチの空間が奇妙に歪んで、電話が形を失っていく。一瞬で色を失って灰色になり、そのまま干からびて砂になる。砂はさらに砕けて埃《ほこり》になって、そのまま透明の空気に溶けていった。悪魔の手のひらがパッと開く。そこにはもう携帯電話の欠片《かけら》もない。

「はい消えたー。一丁上がり」

ご主人さまがガバリと顔を上げた。猛烈な勢いで首を回し始める。まわりの乗客たちが手にしていた携帯電話。それが次々に消えていく。四角い輪郭を失って粒の塊になり、それが四方にはじけ飛んで手の中が空っぽになる。まばたきした次の瞬間には、乗客たちの手には文庫本や雑誌が収まっていた。さっきまで携帯電話を覗き込んでいたのに、一秒後には本を眺めている。そして誰もそれに気づかない。ご主人さまが汗を振りまく勢いで中吊り広告を見上げた。「あなたの味方です」。スーツを着た男性が笑っている。弁護士事務所の広告に電話番号はなくなっていた。電子メールアドレスと事務所の所在地が書かれているだけ。窓を向く。乗客の肩越しに見える暗い窓の向こうには携帯ショップがある。夜を引き裂いて煌々《こうこう》と自己主張していたお店が、巨人のハンマーに叩き潰されたみたいに一瞬だけぺちゃんこになった。そして次の瞬間には膨れ上がって文房具店に変わる。店頭に立ち、呼び込みをしていたミニスカートのコスチューム姿の若い女性は、店が文具店に変わるのと同時に地味な黒スーツに変わっていた。いつの間にか店頭のラック整理をしている。目に映る景色がところどころはじける。〝電話〟がはじけ飛んで新しい世界が生まれる。電話のない、別の世界に切り替わっていく。

悪魔が糸のように目を細めている。

「どうよ?」

ご主人さまが動揺の目で悪魔を見た。何度も口をパクパクと動かす。

「世界から電話が……」

「うん。今、消えたよ」

世界から電話が消えた。路面電車が停留場に停《と》まるのと同時に、ご主人さまは駆け出していた。蹴破る勢いでドアをくぐり、夜の街に飛び出していく。悪魔が満足そうにそれを見送った後で、床に座っているボクをひょいとつまみ上げた。また肩に乗せて、「さ、行こうか」とボクに囁く。

ご主人さまは全力で走っていた。街は変わっていた。建物や喧騒《けんそう》が変わったわけじゃない。なのに確実に変化していた。路上で人々が立ち止まって隣の人と話をしている。普通の光景だ。でも、それはいままであまり見なかった光景。目印になりそうな駅前のオブジェに大勢の人が集まっている。みんな人待ち顔でキョロキョロしている。顔を上げて、真正面から見つめ合って話をしている。何でもない景色に見える。でも違うのだ。ほんの数分前まで、こんな光景は〝当たり前〟のものじゃなかった。電話という道具がこの世界からなくなったから、人々の〝当たり前〟が塗り替わったのだ。いままでの〝当たり前〟が、新しい〝当たり前〟に切り替わった。

背中がゾワゾワする。まるで、この世界をつくっている無数にある色彩のうち、一色がポロリと抜け落ちてしまったみたいだ。

ご主人さまの後を飛ぶようにして追いかけている悪魔にボクは尋ねた。

「電話がなくなるだけで、こんなに世界が変わってしまうの？」

「ふふん。当たり前だよ。世界が変わったっていうか、オレにしてみりゃ、元に戻ったってだけだけどね」

「ただ電話機がなくなるだけじゃないんだ」

「そりゃそうだよ。電話という存在そのものがなかったことになるんだ。電話がなきゃいろいろ変わるさ。だって電話がきっかけで出会った人間だっているし、電話がきっかけで仕事についた人間だっている。電話にかかわる仕事でもしてりゃ変化も大きい。当然予想できる内容だったはずなんだけどなぁ。君のご主人にしたって」

ニヤニヤしている。「で、君のご主人も思い至ったってわけだ。電話がなくなったら世界が変わった。ということは、電話をきっかけに知り合ったあの人は……？ってね」

ご主人さまが立ち止まった。膝に手をついて背中を上下させている。息を切らせたまま顔を上げた。ご主人さまの視線の先にあるのは小さな映画館、「ミナト座」。

さっき、彼女と別れた場所だ。

「ほらね。やっぱり確かめにきた。ばかだなぁ。傷つくだけなのに」

小さな映画館の小さな窓口に、ご主人さまは彼女の姿を見つけたようだ。映画館の制服を着た彼女がチケットの販売をしている。お客さんに笑顔を振りまいてる。ご主人さまがフラフラと足を縺《もつ》れさせながら彼女に近づいていく。彼女の笑顔の端っこがピクリと震えるのが見えた。

「あ……」

ご主人さまの口から声が漏れた。先にチケットを買ったお客が、気味悪そうな顔をしてご主人さまから距離をとる。受付の彼女は笑っていた。形だけの笑みを繕っている。

「どの映画をご覧になりますか？」

そしてご主人さまにそう尋ねた。ご主人さまの顔が真っ白になる。酸欠の金魚みたいにパクパクしている。

「あ……、あの、僕です。僕ですよ」

「え？」

「僕です。あなたの……、長電話の相手の」

「電話……？　何ですかそれ」

「あ……」

彼女は完全に笑顔を引っ込めていた。少しだけ声を高めてご主人さまに告げる。

「何なんですか、あなた」

ご主人さまの笑顔が、引きつったまま固まる。

悪魔が実に満足げに、舌なめずりでもしそうな顔になってボクに言った。

「ね。わかったでしょ猫ちゃん。モノが消えると、そのモノがつないでいた想《おも》い出やつながりもいっしょにきれいさっぱり消えちゃうわけ。あの彼女の中に、君のご主人と過ごした記憶はない。っていうか、出会ってすらいないんだ。ぜんぜん知らない男が、突然ハアハア息切らせながら顔近づけてくりゃあさあ、そりゃ驚くよね。気持ち悪いよねー」

ご主人さまが彼女に背を向けて映画館を出て行く。ご主人さまの肩越しに見える彼女の目は警戒のそれのままだ。風が吹く。悪魔が笑う。

「おー、凹んでる凹んでる。べっこべこだねえ。鉄パイプで殴られた自動車みたいだ」

見ていられない。

「……ご主人さま、もしかして泣いてる……？」

悪魔が答える。

「さあねえ。ぐしゃぐしゃの顔してるのは確かだねえ。しかしみっともないよな。電話を消すって決めたのは自分なのに、その結果にショックを受けるとか正直ウケる。これだから人間ってヤツは」

ご主人さまは、映画館の受付にいる彼女を振り返らなかった。一度も。うなだれたまま夜の街に消えていく。ボクと悪魔はご主人さまの後についていく。

「……すごく落ち込んでる。いままでに見たことないくらいに」

「だねえ」

「……一切れ二千円もするステーキのお皿をボクがひっくり返したときだってあんなに凹んだりしなかったのに……」

「まあねえ。そういうのとはちがうんでしょ。スーパー行ってまた買ってくりゃいいってものとちがうし」

ご主人さまはフラつきながら街を歩く。何度も電柱にぶつかりそうになる。

「……ねえ悪魔。どうしてご主人さまはあんなにショックを受けてるの？」

悪魔がきょとんとして肩の上のボクを見た。

「うん？　え？　なにその質問。だって愛《いと》しい恋人がいきなり赤の他人になっちゃったら、そりゃ凹みもするでしょ」

「そうなんだ……。ボクにはよくわからない。人間は不思議なものなんだね」

「えー。猫だって恋のひとつくらいするだろうに」

「好きな猫と嫌いな猫くらいボクにだっているよ。でもさ……。でも……、生き物にオスとメスが必要なのは、この世界に子孫を残すためじゃないか。どうしてご主人さまは、〝彼女〟にこだわるの？　別に子作りができなくなるわけじゃないんだから、また新しいメスを探せばいいことだと思うんだけど……」

少しだけ身を引きながら悪魔が言う。

「うえー。猫ちゃんそれ本気で言ってるの？」

「特定のメスじゃなきゃダメっていうのはどうしてなんだろう？」

「うえー。なんかヤダ。猫ちゃんの世界、色気ねーなー」

だってそうじゃないか。子孫を残すことが目的なら、可能性の一つが潰《つい》えたという意味で落胆するのは理解できるけど、そのことで「ああもう人生終わった」みたいなショックを受けるのは不合理というものだ。ご主人さまはそこまで凹む必要なんてないんだ。自分が生きているんだから、ダメになったメスなんて忘れてさっさと次に向かえばいい。

それだけのことだと思うのに、ご主人さまは〝彼女〟を失って涙するのだ。

まるで自分の体の一部がもぎ取られたみたいに、心を痛めるのだ。

悪魔がボクをつまみ上げ、地面にトンと降ろした。

「まあね。猫ちゃんが言うことも一理あるんだ。ていうか、生き物としては猫ちゃんの意見の方が正論なくらい。だけど人間は変な生き物でさー。人間って、生まれ持った〝自分〟がないいんだよ。まわりのいろんなものをくっつけて一つにまとめて、ようやく〝自分〟を作り上げてるみたいなんだよね」

悪魔がボクを残し、ご主人さまの目の前に移動した。ひどくうなだれていたご主人さまが、何かを感じとって顔を上げる。その瞬間に悪魔が「よう」と右手を上げた。

二人の目が合う。

「絶賛落ち込み中にアレだけどさ、次にこの世界から消すもの決めたから」

「…………」

「さっきさ、お前と彼女のデート見てて思ったんだよね。あー、コレいらないわ。なくてもぜんぜん困らないわって。それ消せば、もう一日分、命を延ばすことができる」

ご主人さまの顔から生気が抜けている。それを見て悪魔は目を細める。

「次はね、映画を消そう」

ご主人さまの唇が震えだした。

「映画……。この世界から映画が消える……？」

「そ。きれいさっぱり消えてなくなる」

「映画……。ＤＶＤも？」

「ＤＶＤも」

「……映画館も？」

「そ。映画館も」

ご主人さまが紙切れ一枚分だけ唇を開いた。何か言おうとして言葉に詰まる。

「まあいいじゃない。映画がなくなったって誰も死にやしない。この世界に数多《あまた》ある娯楽の一つが消えるだけだよ。映画がなければ遊園地で遊べばいいじゃない」

「………」

悪魔がニヤニヤしたままクルリと体を回した。頭の脇で長い指をヒラヒラさせて、ご主人さまに決め台詞《ぜりふ》を投げつける。

「じゃあ、映画のある最後の一日を楽しんで」

アパートに帰ると、ご主人さまはいつもよりずっと長い時間をかけてシャワーを浴びた。まるで何かを洗い落とそうとしているみたいに。

夜が更けると早々にベッドに入った。ひどく疲れているみたいだった。

ベッドの中でご主人さまは静かな声。ボクは半分寝息を立てながら聞いている。

「——思い出すんだ……。彼女とね、卒業旅行でアルゼンチンのブエノスアイレスに行ったんだ。そこで僕らはトムさんという人に出会った。トムさんは日本人でね、僕と彼女より少しだけ年上だった。

セントロのあたりだったかな、トムさんと出会ったのは。トムさんは、大通り近くの広場のベンチに座って、ナイフで肉を千切りながらワインを飲んでたんだ。一人でさ。僕らが通りかかると、まるで昔からの知り合いみたいに『オーラ』って片手をあげて声をかけてきたんだよ。

……そうだよね。そりゃあ最初はちょっとばかり警戒したさ。だって地球の裏側で、見知らぬ人間に突然声をかけられたんだもの。でもさ……、『よそうよ』って言う僕とはぜんぜんちがって、彼女はトムさんにどんどん近づいて行った。いつもそうなんだよ彼女は。デートのとき街を歩いていても、猫や犬を見かけると、予定の時間とか気にしないで近寄って行ってしまう。嬉しそうな顔をして、誰にでも、犬や猫にまでも好かれてしまうんだ。ちょっと嫉妬するくらいに、人好きのする気持ちの良い女性なんだ。

トムさんと僕らはすぐに仲良くなった。トムさんはね、世界一周旅行をしている最中なんだって言っていたよ。日本でしばらく働いたあとで、急に思い立って、期限を定めずに旅行をはじめたんだって。すごいよね。お金とかどうしてるんですか？　仕事はどうしているんですか？　ってさ、僕は聞きたくなってしまった。仲良くなって、お酒をいっしょに飲んでいるときに僕はトムさんに聞いてみたんだ。そしたら呆れられちゃった。『つまらないこと聞くなよ』って。『そんなもの、ぜんぶどうにかなるものじゃないか』って。『そんなもの、ぜんぶ、気持ちの後にくるものじゃないか』ってさ。こんな生き方もあるんだって、すごくびっくりした。

トムさんはね、『俺は、時間から逃げ回ってるんだ』って言ってたよ。よく覚えてるんだ。『人生を、秒とか、分とかで区切って不自由にしてるのは人間だけだ。わざわざそれを、壁にかけたり、腕に巻いちゃったりしてな』ってさ。僕の家が時計店なんだって言ったら、トムさん、苦笑いしてたよ。

ブエノスアイレスにいた間は、ほとんど毎日トムさんと会っていたな。トムさんの話は面白くて、僕と彼女は毎日すごく笑った。

だからさ、トムさんが、『オレはそろそろ次の街へ行くわ』と言い出した時、なんだかすごく悲しくてさ。まるで十年来の親友と別れるみたいな気分になったんだ。僕と彼女は、朝早くホテルを出て、トムさんを見送りに行った。サンテルモの市場だったな。早朝だっていうのに、大勢の人がいたんだ。

でもね。僕と彼女が、『また、世界のどこかで』と言ってトムさんと別れた後、ほんの数十秒後に、大通りの方から悲鳴が聞こえてきたんだ。僕らは走ったよ。すごく嫌な予感がしてさ。人垣を掻き分けて大通りに出てみたら、大型のバスが歩道に乗り上げて止まっていて、そのすぐ下にトムさんがいた。トムさんは、僕らと別れたすぐ後に、バスに轢《ひ》かれてしまったんだ。つい今まで笑っていたのに、一分後には死んでしまったんだ。

僕ら、何も言えなくなってしまった。残りの旅行の間、彼女の声を聞いた覚えだってほとんどないんだ。僕もほとんどしゃべらなかったんじゃないかな。

きっと、あの日が僕らの終わりだったんだと思う。

イグアスの滝で、彼女がポツリと言った言葉だけが、すごく胸に残っているんだ。『トムさんが死んでも、世界は何も変わらないんだね』って彼女は言ってた。『私が死んでも、やっぱりこの世界は、いつもと変わらない朝を迎えるのかな』ってさ。

ねえ、キャベツ。どうなんだろう。世界は変わらないのかな。

僕が死んでも、この世界には、いつもと変わらない朝が、やっぱりやってくるのかな」

「明日には、この世界から映画がなくなる……」

ご主人さまがボクの背をなでる。フーカフーカする。

「なあキャベツ……。そしたら、ツタヤはどうなるんだろう」

ツタヤ。

それはご主人さまの親友の名だ。

水曜日

世界から映画が消えたなら

1

人間が使う〝コップ〟という代物。あれはどういう意図をもって作られたのか理解に苦しむ。

なにしろコップは、中の液体を飲むためのものだというのに、あろうことかコップそのものが邪魔をして中身まで舌が届かないのだ。だから猫としては、必然的にコップに顔を突っ込まざるを得ない。今であれば、中身に舌が届かないならいっそのこと倒してしまって中身をおいしくいただけばいいとわかるが、まだ子猫であった数年前はそうはいかなかった。おかげでボクは一度、とんでもない目に遭わされた。

四年前、まだ、ご主人さまがこのアパートに越してくる以前のことだ。まだ子猫であったボクは、ご主人さまの実家の台所で紙コップに入った甘い液体（思うに、あれはおそらくスポーツドリンクの類だったのだろう）を見つけ、テーブルにひょいと飛び乗って、コップに鼻を突っ込んだ。甘い匂いは鼻先にあるのに液体に舌が届かない。だからさらにコップの中に顔を押し込んだら、顎のあたりがギュッとなってコップが離れなくなった。子猫であったボクは慌てた。何しろ頭がすっぽりコップの中に納まっているのだから息ができない。テーブルの上で飛び跳ねていたら、コップの中の甘い液体が顔を濡らすわ、息はできないわ、コップ取れないわで、正直パニックになった。死ぬほど怖かったけどとりあえずテーブルから降り、人間の手を借りようと見えないながらに移動を続けた。壁とかドアにゴンゴンぶつかりながら、声にならない声をあげていたら、誰かに抱きかかえられてスポンとコップが引き抜かれた。ミャッと吸盤を剝《は》がしたような声が出た。

深呼吸して前足で顔を拭い、ああ何とか命の危機は免れたと安堵《あんど》していたら、なにやら人間の声がして、その後で乾いたタオルで頭をごしごし拭かれた。頭を拭かれれば必然的に目は閉じる。目が閉じていれば眠くなる。あぐらになった人間の膝の上というのはフィット感が絶妙で、猫にとってはハンモックみたいなものだ。頭をなでられるついでに喉をゴロゴロ鳴らしていたら、ボクはいつの間にか眠ってしまったようだ。それからどれほど時間が経ったのかわからないけど、目が覚めたときもまだボクは膝の上にいたから、少なくとも数時間はその人間を床に固定していたことになる。人間は生き物として不完全な二足歩行などをしているから、同じ姿勢をしていると体の各部にしびれがくるものらしい。おそらく彼もかつてないほどの足のしびれを経験したはずである。その証拠に、ボクが目を覚ましたときに彼の足の親指はピンと反り返って小刻みに震えていたし。

その時、予想外であったのは、ボクが寝ていたのがご主人さまの膝の上ではなかったということだ。目を覚ました時、ボクの前には何だか深刻そうな顔をしたご主人さまがいた。ということは、ボクは別の人間の膝の上にいたわけだ。あれれ？　と思って顔を上げてみたら、見知らぬ男だった。それがツタヤだった。

ツタヤはご主人さまの唯一無二の親友。

そのツタヤに、ご主人さまが重い声で言っていた。

「ツタヤ……。君に相談があるんだ」

親友が、やはり重い声で答えていた。

「……わかった。聞くよ。聞かせてくれ」

きっと死ぬほど足がしびれていたはずなのに、それをおくびにも出さずに、ひたすら真面目《まじめ》にご主人さまの話を聞こうとしていた。

ご主人さまが大学生の時に出会い、それからずっと、今に至るまでご主人さまの親友であり続けてきた、とても不器用で、感情表現が下手な人間のオス。

それがツタヤだ。

＊

ボクは、ご主人さまとＤＶＤを観る二時間が嫌いではない。

映画を観るのはだいたい夕食の後。ご主人さまはテレビの前に陣取り、淹《い》れたてのブラックコーヒーを片手に、画面を眺めながらボクの背中をフーカフーカとなで続ける。映画を観終わった後は大きく伸びをして、空になったカップを洗い、観た映画の簡単な感想をノートにしたためる。そして呟くのだ。

「ツタヤのヤツ、次はどんな映画を用意してくれるのかなぁ」と。

ご主人さまはあまり過去の話をしないから、ご主人さまとツタヤとの付き合いをボクは断片的にしか知らない。どうやら二人は同じ大学で知り合い、映画の貸し借りを通じて長いことつながってきたらしい。ご主人さまは郵便配達の仕事を終えると自転車を駆って商店街へ行き、そこで食材を買ってアパートに戻ってくる。その途中の、商店街の入り口近くにある小さなレンタルビデオショップがツタヤの居城だ。確か「名画館」とかいう工夫もなにもない名前の、普通の民家と何も変わらないようなサイズの古ぼけた店だった。

ご主人さまは帰り道、この店の前に自転車を停め、無遠慮にドアを押して店に入っていく。レジカウンターにはいつもツタヤがいて、ご主人さまの姿を認めると、その瞬間に恒例のやりとりが始まる。ボクはご主人さまについて行って何度か見たことがあるから知っている。

「おつかれツタヤ。はい、返却」

「──タツヤだけどな。まあいい。今日はこれだ」

「おお。今日はいつにも増して小難しそうなタイトルだね」

「タイトルが重要なんじゃない。考えるな──」

「──感じろ。『燃えよドラゴン』。ブルース・リー」

そして二人同時にニヤリと笑う。あの感じからすると、年に百回以上、同じようなやりとりが繰り返されているにちがいない。店員らしき若い人間のメスが「そのやり、飽きませんか?」ってうんざりした顔で言っていたし。

──人生は近くで見ると悲劇だけれど、遠くから見れば喜劇だ。

そんなセリフをご主人さまに聞かされたこともある。なんでも、チャップリンとかいう昔の人が言っていた言葉らしい。ご主人さまはこの言葉がすこぶる好きで、何か嫌なことがあると、ボクを膝に抱いてよくこの言葉を呟いていた。

「生きていくことは美しく素晴らしい。くらげにだって生きている意味がある」

たいていはこう続く。そしてこの二つの呟きを終えると、ご主人さまはさっきよりほんの少しだけ元気になって、

「うん。夕ご飯にしようか、キャベツ」

そう言って笑うのだ。

2

レンタルビデオ屋「名画館」が近づいてくる。ご主人さまは歩いている。前を向いてちゃんと歩いている。

ボクと悪魔は例によってご主人さまの後をつけていた。姿を消し、ご主人さまの足取りを追うようにして商店街を歩く。悪魔がきょろきょろ街の中を見回している。

「いやあ、しかし猫ちゃん。人間の世界ってのはモノで溢れてるよねえ。ホントにいるのかね、こんなにたくさんのモノ」

ボクは答えてやらない。昨日の夜、この悪魔は世界から「電話」を消した。その結果、ご主人さまと〝彼女〟のつながりまで消してしまった。ご主人さまは落ち込んでいた。明け方、ベッドの中でボクはご主人さまの涙を見たのだ。ご主人さまの辛さはボクにはわからない。だけど、ご主人さまがとても悲しみ、これ以上ないほどに落胆しているのくらいわかる。そのきっかけを作ったのがこの悪魔なのだ。

その悪魔が、今度は映画を消すと言う。

映画というのは奇妙なものだ。人間、特にご主人さまは画面を見ながら百面相をする。映画に出てくる人物はご主人さまじゃないのに、ご主人さまは登場人物と同じ顔になって、まるで自分のことのように泣いたり笑ったりするのだ。ボクとしては、クルクル変わるご主人さまの表情を見ていた方が面白かったりするくらいだ。

けれど、映画の中の知らない景色や知らない建物なんかは見ていて楽しい。ボクは映画が嫌いではないのだ。ご主人さまの膝の上はあれでなかなか居心地がいいし。

悪魔はずっとニヤニヤしている。

「こんなにモノがあるんだもの。毎日一個ずつ消していけば世界最長寿も夢じゃないってね。いやあ、猫ちゃんのご主人ラッキー。ラッキーガイだよね」

憎たらしい。無視してやる。

「あはは。猫ちゃんお怒りモードだ。おっ、到着したね。親友のお店に」

ご主人さまがガラスドアの「ＰＵＳＨ」を押して店の中に入っていく。悪魔が慌てて ご主人さまの背中にピタリと張り付いた。閉まりかけのドアに無理やり体を滑り込ませる。

冷たい目をして言ってやった。

「……なにそれ。悪魔なのに」

「なに？　何か言いたいことでも？」

「壁をすり抜けたりできないわけ？」

悪魔がちょっとキレている。

「できるわけないじゃん！　あれですか？　悪魔なんだから不可能とか無いんじゃないのってそれ人間の勝手な思い込みだからね！　猫ちゃんは悪魔を何だと思ってるわけ？」

「わかったよ。うるさいな」

「うるさいとかひどくない？　だってしょうがないじゃん！　姿消してるんだから、ドア開けて入ったらプッシュ式のドアなのに自動ドアになっちゃうじゃん！　うわあ透明人間入ってきたってリアクションになっちゃうじゃない。そしたらどうフォローするわけ？」

「わかったって。そんな必死にならないでよ」

「だって猫ちゃんがひどいから……。悪魔にだってできないことの一つや二つ……」

ちょっと涙声になっている。どうもよくわからないな、この悪魔は。

ご主人さまがカウンターの前に立った。レジカウンターの上のＤＶＤに何やら機械をあてがっていたツタヤが顔を上げた。微笑みもせずに「おう」と言う。

ちょっと骨太な体型で四角い顔。そして少し重そうな瞼《まぶた》をしている。胸にかけているのは「名画館」と書かれたエプロン。いつもの彼、ご主人さまの親友のツタヤだ。

ボクは悪魔に言ってみる。

「……彼がご主人さまの親友のツタヤだよ。——ボクさ、前に一度、ご主人さまの膝とまちがえて、ツタヤの膝に乗っちゃったことがあるんだ。そのときすごくビックリされたのを覚えてる」

「へええ。彼は猫が嫌いだったとか？」

「ううん。ちがうと思う。ボクが起きるまで、彼はずっと座ったままでいてくれたし」

「お。優しいじゃない。キミのご主人さまの親友は」

「その後まともに歩けなくなってたけどね」

「膝の上に何時間いたんだよ……。かわいそうに」

ご主人さまがＤＶＤをツタヤに手渡す。

「ツタヤ……。はい、返却」

「タツヤだけどな。おう。どうだった？」

「……あのさ」

「タイトルとちがって全然難しくなかっただろ？　邦題で損してるんだよこの映画は」

ご主人さまが悲しそうな笑みを浮かべた。ご主人さまのいつもとちがうリアクションにツタヤが作業の手を止めた。ご主人さまの顔を見る。

「どうした？」

「あのさ……。たとえば、たとえばだけど、最後に……。死ぬ前に一本だけ映画を観るとしたら、ツタヤは何の映画を観る？　それを貸してほしいんだ」

ツタヤは再び作業に戻ってしまう。バーコード読み取りのピッという短い電子音。

「……『僕は本を買うと、必ず結末を先に読む。読み終わる前に死ぬと困るから』」

ご主人さまが苦笑する。『恋人たちの予感』。ビリー・クリスタル」

「……そんなもの、選べるわけがないだろう。生涯最後の一本なんて、きっと選んでいるうちに死んでしまう」

「……うん。でも、ツタヤに選んでほしいんだ」

「『何かいい物語があって、それを語る相手がいる。それだけで人生は捨てたもんじゃない』」

ご主人さまの笑顔が固まった。答えない。

「……どうした？　忘れたのか？『海の上のピアニスト』。ティム・ロスだ」

「……どうしても、君に選んでほしいんだよ」

「本当にどうしたんだお前。最後の一本なんてあるわけがないだろう？」

「え……？」

「俺たちと映画との関係は、こうしてずっと続くんだ。大学時代に始まって今日まで、一度だって途切れたことがない。最後なんてありえないんだ。そうだろ？」

「そのつもりだった」

「どういう意味だ」

「そのつもりだった。けど、最後なんだ」

ツタヤが立ち上がった。カウンターから出てくる。

ご主人さまは顔をくしゃくしゃにしていた。ツタヤが眉間に皺《しわ》を寄せる。

「……バックヤードに行こう。詳しく話せ」


二人の会話は長かった。バックヤードの暗がりで、ご主人さまとツタヤは過去を語った。

出会いの時。大学の講堂で、はじめて声をかけたのは、ご主人さまの方からだった。

ツタヤは一人、講堂の後ろの方で、映画のパンフレットを開いて黙々とそれを読んでいたのだそうだ。まるで暗記でもしようとしているみたいに熱心に。

そんなツタヤに話しかけるとき、ご主人さまの声も少しばかりかすれていたらしい。

「あのさ、君、映画が好きなの?」

「……どうしてだ?」

「え? ああ……。毎日いろんな映画のパンフレットを見てるから、相当映画が好きなんだろうなって思ってさ」

「……君も、映画が好きなのか?」

「ああ、うん。結構。子供の頃から、近所の小さな映画館でよく観てたんだ」

「ミナト座か？」

「うん。さすが、よく知ってるね」

「一九九六年、四月公開」

「え？」

「『アンダーグラウンド』だ。観たか？」

「え？　ええと……。……観た。たしかに観たよ」

「……うらやましい。クストリッツァなのに見逃したんだ。俺は、俺の盲腸を一生許さない」

「え……？　盲腸？」

「入院したんだ、盲腸で。『アンダーグラウンド』をスクリーンで観ていないなんて、一生の不覚だ」

「…………」

「どうした？　なぜ笑っている」

「あ……。はは。そうなんだって思って。君って本当に映画が好きなんだね」

「どうだった？」

「何が？」

「感想だよ。あのヨヴァンとエレナの結婚パーティーは映画史に残るラストシーンだ。

大陸から離れ、ドナウ河を漂っていく半島！　あれこそ大スクリーンで観るべき映画だった」

「…………」

「で、どうなんだ」

「……ごめん。僕にはよくわからなかった」

「……そうか。君は、どういう映画が好きなんだ？」

「あ……。僕は、自分の知らない場所や人生を観られるような映画が好きかな」

「そうか。フォアマンの『アマデウス』は？」

「モーツァルトの？　サリエリのセリフが印象に残っているな。『神は私に、才能ではなく――』」

「――『そのすばらしさを理解するだけの力しか与えなかった』」

こうしてご主人さまとツタヤの付き合いが始まった。ご主人さまとツタヤは特に約束をするでもなく、毎日、学食の同じテーブルに向き合って座り、ご主人さまはツタヤからDVDを借り、ツタヤに感想の一言といっしょにDVDを返した。

「……今日はこれだ」

「チャップリンの『ライムライト』……」

「君みたいな映画だ。熱くなくて、闘わなくて、重くなく、軽くもなく、でも心に残るセリフがある」

「……ありがとう」

「観たら返してくれ」

「あ、うん。もちろん」

「次に観るものを用意しておく」

「……まるでツタヤだよね」

「タツヤだけどな」

それから十年。ご主人さまは郵便局員になり、ツタヤはレンタルビデオ屋の店長になった。二人の友情は続いた。十年間、片時も途切れることなく。

「見つからない」

古ぼけた小さなレンタルビデオ屋の倉庫で、ツタヤは泣き崩れていた。ご主人さまと語り合い、最後にご主人さまが、「僕、もうすぐ死ぬんだ」と告白して帰宅した後、ツタヤはバックヤードにこもったまま、棚からＤＶＤを引き抜いては床に放り投げていた。何枚も何枚も。何十枚も。何百枚も。ボクと悪魔は姿を消してツタヤを見ていた。倉庫の床はＤＶＤのケースで埋まっている。ツタヤの息遣いが耳の奥深くに突き刺さってくる。

「見つからない。見つからないんだ」

ＤＶＤケースの海にツタヤが膝を折って沈み込んだ。いつか見かけた若い女の店員が倉庫に入ってきて悲鳴を上げる。

「どうしたんですか店長⁉　何してるんですか⁉」

「見つからないんだ。どうしても……。どうしても見つからないんだよ」

「何を探してるんですか？　私も手伝いますよ。タイトルは？」

「あいつが……。あいつが死ぬんだ」

「え？　誰が死ぬ映画ですか？」

「ずっと……、あいつの観る映画を選ぶのは俺の役目だったんだ。それなのに見つからないんだ。さっきから探してるのに、どうしても見つからない。無いんだよ、どこにも。最後の一本が見つからないんだ」

泣いていた。ボロボロ涙をこぼして、その滴が落ちてＤＶＤケースをポツポツと鳴らす。

　さっき、ご主人さまは言っていた。黙り込んでしまったツタヤに。優しく、まるで「ごめんなさい」を言うような口調で。

「――大学生のとき、君に話しかけることができて良かった。……僕は、ずっとツタヤが気になってたんだ。君はいつも一人でパンフレットを読んでいただろう？　君の手元にはいつも映画があった。どんなときでも、『これだけは譲れない』って主張しているみたいに見えたんだ。君が持っている映画のパンフレットが、『これがツタヤという人間だ』って証明しているみたいに見えてさ。僕は君が、きっとうらやましかったんだと思う。――ツタヤ、僕は……」

「タツヤだけどな」

まるで溺《おぼ》れているみたいなビシャビシャの声で、あの時ツタヤは呟いた。

「……なんだよ、それは――。俺は、お前に何をしてやればいいんだ。何ができるんだ」

3

アパートに戻ったご主人さまは、シャワーを浴びて、また部屋を出て行った。映画館に向かうためだ。映画のある最後の一日。最後の一本の映画を観るために、ミナト座に向かうのだ。

「……結局、最後の一本は決まらなかったってわけだ」

うなだれて歩くご主人さまの背中をつまらなそうに眺めながら、悪魔がポツリとそう言った。ボクは悪魔の肩の上で何も言えなくなっている。これから映画が消えるのだ。ご主人さまの膝の上で何百本と観てきたあの映画たちが、もうすぐこの世界から消えてしまう。ツタヤの命だった映画が、無かったことになってしまう。

妙にムシャクシャした。映画なんて観たって腹は膨れない。知識は増えるかもしれないけど、それは生きる糧に直結しない。だからどうでもいいものなんだ。あってもなくても同じもの。映画を観るのに費やす時間を、生きるための狩りや睡眠に使った方が生き物としては正しいはずだ。無駄な時間。得るもののない時間。なら、それを削るのは良い事じゃないか。世界から映画がなくなるのは良い事のはずだ。何でもないことのはずだ。

そう思おうとしても思えない。とてもムシャクシャする。

悪魔が、前を向いたままボクに言った。

「例の親友が、今、アパートにきたぜ」

耳を疑った。咄嗟《とっさ》に言う。

「じゃあご主人さまに知らせなきゃ！」

悪魔の声は冷たかった。「ダメだよ。それは契約にない」

「なんでさ！　ツタヤが部屋にきたよって知らせるだけだよ？」

「ダメ。そういうのはルールに反するから」

「……！」

ものすごく追いつめられた。振り返っても、もうアパートは見えない。ご主人さまの歩みは止まらず、アパートはどんどん離れていく。ツタヤはどうなるんだ？　ボクはどうすれば？

気がついたら言っていた。

「じゃあ、ボクだけでも……！　ボクだけでもアパートに戻るよ！」

悪魔は答えない。

「降ろしてくれ。ボクはお前と契約なんてしてしてないんだ！」

「そう。いいよ。わかった」

悪魔の手から逃れ、肩から飛び降りた。そのまま走る。留守にしたくなかった。ご主人さまを訪ねてきた親友が、「留守だ」と思って帰ってしまうのはあまりにも嫌だった。全身の毛が波打つほど夢中になって走った。

ツタヤはいた。アパートの入り口、ご主人さまの郵便受けのところに立っていた。空っぽのＤＶＤケースを握り締めて、まるで融《と》けかけたアイスクリームみたいに顔をぐしゃぐしゃにして立っていた。

「ミャア」

鳴き声を上げると、ツタヤがボクを見た。ボクは郵便受けに飛び乗る。

「……キャベツ？　お前、キャベツだろ」

また叫ぶ。

「ミャア」

ツタヤの手が伸びてきて、ボクを抱き上げた。そのまま自分の胸に押し付ける。苦しいくらいに強かった。ボクの耳に熱い息がかかる。

「……お前の飼い主、どこ行っちまったんだよ。さっきのあれが最後だなんて勘弁してくれよ」

頭のてっぺんがあたたかくなった。

「死ぬとかありえないだろ。そんなこと、あっちゃいけないんだよ」

洟《はな》を啜りあげる。「選べないんだ。最後の一本なんか、選べるわけがないだろう。

——たった一人の親友なんだ。あいつは俺のことを『親友だ』って言ってくれたんだ」

ツタヤの声。震えていた。

「俺……、本当は、あいつからずっと逃げてきたんだよ。映画の話をするだけで、本気の話はずっと避けてきた。すごく怖かったんだよ。本気の話をして、俺が本当はどんなヤツなのか、それを知られるのが怖くてたまらなかったんだ。

キャベツも知ってるだろ? 四年前に、あいつの母親が病気になった。あいつは俺に相談をしてきたんだ。けど俺、その時も逃げようとした。自分を知られて嫌われるくらいなら、はじめから関わらない方がいいって思って。

だけどキャベツ――。お前が俺の膝に乗ってくれたんだ。適当な用事をでっち上げて逃げ帰ろうとしていた俺を、お前が引き留めてくれた」

ボクを抱く力が強くなった。

「お前のおかげで俺はあいつの話を聞けたんだ。あいつから、逃げずにいられたんだ」


あの時ボクは確かに聞いた。ご主人さまとツタヤの話を。

「ツタヤ……。君に相談があるんだ」

ご主人さまの声はひどく重かった。答えるツタヤの声は震えていた。

「……わかった。聞くよ。聞かせてくれ」

「……母さんが、もうすぐ死ぬんだ」

「……そうか」

「嫌だ。嫌なんだよ。こんなに嫌なのに、避けられないんだ」

「……そうか」

「僕はどうしたらいいんだろう。どうすればいいのかわからないんだ」

「俺にも……、わからない」

その時、ツタヤはボクの背中に触れてから、ご主人さまに向かって顔を上げた。真正面から向き合った。

「だから、いっしょに考えよう」

ご主人さまの想いを、彼は受け止めていた。

彼とご主人さまは、あの瞬間に親友になったのだ。


「キャベツ――。俺、お前にすごく感謝してるよ。お前がいたから、俺とあいつは親友になれた。なのにあいつが……。あいつがもうすぐ死ぬなんて……」

ツタヤの体は熱かった。「ありえないだろ……」。ボクは黙って聞いている。ボクは、ツタヤのことを、ご主人さまの友人のひとりとしか思っていなかった。ボクとは何の関わりもない存在だと思っていた。なのにちがったのだ。何の関わりもないと思っていたこの人間と、ボクはつながっていた。思いがけないつながりが、見えないところでしっかりとボクとツタヤを結んでいたのだ。

奇妙な感覚だった。伝えたかった。

「ミャア」

でもボクの声はツタヤには届かない。伝えたいのに。伝えたい想いが溢れているのに。

「ミャア」

「……キャベツ」

その瞬間だった。世界が震えた。世界中のあらゆるものが一度分解されて、前の世界と何かが変わって再構築される。電話が消えた時と同じだった。ツタヤが腕を解く。ボクは地面に降り立った。見上げる。ツタヤの手の中のＤＶＤケースがグニャリと歪み、色を失って細かな砂粒と化していく。サラサラと風に溶けて消えていく。ツタヤの目が見開かれた。涙が乾いていた。キョロリとツタヤの目が動いた。見上げているボクと目が合う。

それは、道端のノラ猫を見る人間の目だった。

「……？」

ツタヤが不審そうな顔になってあたりをキョロキョロ見回し始めた。首を傾《かし》げ、それからご主人さまのアパートを見る。眉をしかめ、「あれ？」と呟く。

「どこだ、ここは？」

それだけだった。それだけでツタヤは踵《きびす》を返し、首を傾げながら元来た道を帰って行ってしまう。消えたのだ。今この瞬間に〝映画〟が。悪魔がこの世界から〝映画〟を消した。だから、ツタヤはこの瞬間に、何もかもを忘れてしまったのだ。

ボクのことも。

ご主人さまとの出会いも。

ご主人さまとの十年間も。

そして、ツタヤという人間を形作っていた〝映画〟という存在そのものも。

身の毛がよだった。背筋に氷でもなでつけられたみたいに毛が逆立って尻尾までしびれた。これが悪魔のしていることなのだ。世界からモノを消すこと。それはこういうことなのだ。そのモノに関わる何もかもが無かったことになる。すべてがリセットされて消えてしまう。

今この瞬間から、ツタヤはご主人さまの親友ではなくなった。ご主人さまとツタヤは映画を通じて知り合い、映画を通じて友情を育んできた。それが全部なくなった。だから二人は出会っていないのだ。友情はない。もうツタヤの中に、ご主人さまはいない。

ボクはツタヤを覚えている。ご主人さまの記憶の中にもツタヤの想い出はあるのかもしれない。

でも――、だけど――、
一方通行の想い出は、想い出じゃない。

誰かと共有できない想い出には、何の意味もありはしないんだ。

遠ざかり、小さくなったツタヤの背中に、ボクは空っぽの声を上げるよりなかった。

「ミャア」

鳴き声は、彼にはもう届かなかった。

4

ご主人さまは、まるでぬけがらみたいになって帰ってきた。力なく、海の中で揺れる海藻みたいに体を揺らしながら、残りの力をぜんぶ使い果たすようにして何とか鍵を回して、部屋に入ってくるなりその場にしゃがみ込んだ。何も言わない。体のどこにも力が入らなくなってしまったみたいに、ぐにゃりと膝を畳んでじっとしている。

ボクは歩いてご主人さまの前にいく。ミャアと鳴く。ご主人さまの瞳が、電池の切れかけた懐中電灯みたいにほんの少しだけ光を取り戻した。ゆるゆるとご主人さまの手が伸びてくる。

「まあ良かったじゃない。これで一日分、長生きできたわけだし」

悪魔は嬉しそうな顔をして、ご主人さまの背後に立っていた。ご主人さまに強く抱かれながらボクは悪魔を睨みつける。悪魔が「フフン」と鼻を鳴らした。ボクに向かってペロリと舌を出してみせる。

「……まったくさあ、お前もっと学習しろよ。わざわざ確認しなくたって、モノが消えればそれに関わる記憶も記録もすっかり塗り替わるんだよ。彼女が彼女じゃなくなったの、お前見たじゃん。だったらわかるだろ。映画がきっかけで知り合った親友は、映画がなくなりゃ他人になる。お前とあのビデオ屋の親友は、出会ってすらいないんだって」

悪魔の言葉でわかった。悪魔が〝映画〟を消した後、ご主人さまはツタヤのもとに行ったのだ。そこできっと見てしまったのだ。出会っていないことになってしまった、かつての親友の姿を。

聞いてしまったのだ。「どちら様ですか?」という言葉を。

「もうさあ、いいかげん開き直っちゃえよ。『あーもう何もかもどうでもいい』って思っちゃえば、この世はパラダイスだぜ? だって一日に一つだけ、この世界からモノを消せばいいだけなんだもの。そしたらお前ほぼ不死身だよ? 何を迷う必要があるの?」

ご主人さまはうなだれたまま何も言わない。ボクは悪魔の口を塞いでやりたい。

ご主人さまがシャワーを浴びに行くと、ボクと悪魔は二人になった。悪魔がニヤニヤしながらボクの隣に腰を落とす。

「……猫ちゃんがツタヤに会いに行ったところで、結局何も変わらなかっただろ?」

「…………」

「どうせ結果は変わらないんだから、猫ちゃんもオレと一緒にご主人の後をつければよかったんだよ。結構な見ものだったぜ？　親友のいたビデオ店さ、映画を消してやったら本屋になってやがんの。あんなにあったDVDが全部消えて、本と雑誌にぜんぶ入れ替わってた。例の親友が本屋のエプロンして働いててさ、君のご主人が駆け付けたら、『何かお探しですか？』だって。超ウケる。その元親友がさあ、またつまらなそうな顔して仕事してるわけよ。『ここは俺の居場所じゃない』って一日三回は必ず思ってそうなしょぼくれた顔してさ。あいつ、映画ないとマジでダメなのな」

自分の言葉にウケたらしく、悪魔が腹に手をやって笑い出した。笑いすぎの涙で目尻を光らせたまま、ボクを見てゆっくりと唇を曲げる。

「でさあ猫ちゃん、次は何消したらいいと思う？　この世界からいったい何が消えたら、君のご主人のおもしろいリアクションを見られるかな？」

この世界からモノを一つ消すこと。それは、この悪魔にとっては〝その方がおもしろい〟の一言で片づけられる程度のことなのだ。悪魔が見たいのはご主人さまの顔。モノが消えて、恋人や親友がいなくなってどん底まで落ち込んだ、ご主人さまの顔が見たいだけなのだ。

こいつは悪魔だ。

「そうだよ。最初に自己紹介したじゃない。オレは悪魔なの」

満足げに目を細めている。

「次はあれかなぁ……。恋人が消えて親友が消えて、やっぱ次はあれかなぁ。いらないもんなぁ。君のご主人は〝彼〟のことをすごく嫌ってるみたいだし、むしろ忘れたい記憶だよね。〝彼〟に関わる想い出なんてさぁ」

〝彼〟とは誰だ。嫌な予感がする。ボクが思い浮かべている人。その人は確かにいま、ご主人さまと上手《うま》くいっていない。むしろ、ご主人さまの方が〝彼〟との接触を避けている節すらある。だけど〝彼〟はご主人さまの最後の——。

「そう。〝彼〟は仕事を失っちゃうけど、それも仕方ないよね。だって命を延ばすためだもの。かわいい息子が一日分生き延びるためなら、きっと〝彼〟も納得してくれるはずだよね。なにせ、親子なんだし。家族なんだもの」

笑っている。

「次は、時計を消そう」

5

ご主人さまの目が揺れている。あっちからこっちへ、ベッドの中でボクの背中をなでながら、落ち着かない様子で小刻みに左右に揺れている。

家族と聞いて思い出す。ボクの家族。昔の事。

ボクは、母猫のことをあまり覚えていない。

子猫すぎたのだ。断片的な記憶をつなぎ合わせて思い起こしてみると、生まれてから数週間で、ボクはご主人さまの家に貰《もら》われてきたらしい。生まれた場所、それがどんな家でどこにあったのかは覚えていない。母猫の顔もあいまいだ。だって目だってほとんど開いていなかったのだ。ぬくもりだけは覚えている。体のぬくもり、乳の味。

それと、生まれてすぐに教わった、母猫の短い言葉。

五匹の兄弟に向けて、彼女は言った。

人間を利用して、じょうずに生きなさい。

けっして飼いならされてはダメ。

たったそれだけ。それだけの教え。

だけど生きるのに、これ以上役に立つことはなかった。

猫は人間とちがって、まだ子猫のうちから自立し、独立した生活を営むものだ。だからボクは、ボクの母猫と暮らしていたという人間が、ボクとその兄弟四匹をそれぞれダンボール箱に入れて、「もらってください」と書かれた紙切れ一枚といっしょに路地裏に放置したことを恨んでいない。居場所は自分で勝ち取るものだと母猫に教わったし。

ボクの母猫も、元はノラ猫だったらしい。けれど、ノラ生活を続けていた頃に、雨風をしのぐつもりで潜り込んだ場所がたまたま人間の家のガレージだったことで、母猫の運命は大きく変わった。寝入っているところをその家の子供に見つかって、そのまま家の中に入れられ、ミルクを飲まされ、次の日にはその家の猫となっていた。

「奇妙なものよね。私は一生、ノラとして生きるんだろうなって思っていたのに、たった一晩で生活が一変してしまったの。それまで、人間との暮らしなんて息がつまるばかりだと思っていたけれど、実際暮らしてみると、案外すてきなことも多かったわ。人間は私たち猫に、食事と寝場所を用意してくれる。ときどき、際限なく甘えてくるのが玉にキズだけれど」

結局、母猫はその人間の家で、ボクと四匹の兄弟を生むことになった。

「でもね。人間にいろいろしてもらうのはいいけれど、それを当たり前だと思っちゃダメ。猫は誇り高いもの。猫はね、人間に頼っているわけじゃないの。ただ、人間といっしょにいてあげているだけなのよ」

ボクら兄弟は熱心に話を聞いた。

「だから、人間との共同生活のために、最低限のマナーは守ってあげなきゃ。トイレは人間が決めた場所にしなきゃいけないし、たとえ気分じゃなくても、人間が甘えたそうな素振りを見せてきたときは、ちょっと我慢してでも甘えさせてあげなさい」

ボクは母猫に、人間との暮らし方を教わった。

あの時、ダンボール箱の中で精一杯哀れみを込めた声で鳴きながら、ボクは開いたばかりの目で道行く人間を観察していた。この人間はどうだろう。ずいぶん歳《とし》を取っている。老人は猫の人権（？）を軽視するきらいがあるから避けた方が無難だ。猫＝猫まんま（人間の食事の残飯なのに！）だと思い込んでいる節がある。鳴き声を小さくしてスルーする。今度は水色の服を着た小さな人間がやってきた。子供だ。膝を折ってしゃがみ込んで、ボクのいるダンボール箱を覗き込む。目が合う。人間の子がパアッと頰を赤くした。子供のいる家はどうだろう。子供に好かれてしまえば人間の家への侵入は容易だろう。だがしかし待てよ。人間の子供は危険と聞く。あんまり小さい子供だと、猫を生き物だとも思わないから、プラスチックでできたおもちゃと同じ扱いを受けてしまうおそれがある。尻尾を握られて振り回されたらどうしよう。ボクが眠い時にも、活発に動き続ける子供の相手をしなくちゃならないかもしれない。考えるだけで胃が痛くなりそうだ。却下。ダンボール箱に伸びてきた子供の手を、爪を引っ込めた前足で叩いてやる。

今度は誰だろう。大人だ。人間のオス。落ち着いた色合いの服を着ている。物腰も静かそうだ。ゆっくり歩いてボクのところに近づき、腰を折ってボクを覗き込む。男の服からは、嗅いだことのない、不思議な匂いがした。伸びてきた男の指先を舐《な》めてみる。男が「はは」と短く笑った。何の匂いかはわからない。でも興味をひかれた。

「……お前、レタスにそっくりだな」

男が呟いた。ボクを抱き上げる。嫌な感じはしなかった。この人間なら、と思った。

——この人間となら、いっしょにいてやってもいいかもしれない。

男の腕に抱かれて街を歩き、ボクはその日、新しい住処《すみか》を得た。

部屋の中は薄暗く、細かな金属の部品がところせましと並んでいて、そこかしこからカチ、コチと針の回る音がしていた。部屋の奥に進むにつれて、男の服からしていた不思議な匂いが強くなった。

後になってボクは知った。

男の匂いは時計油の匂い。

「カモメ時計店」

ボクが新しく暮らすことになった家には、そう書かれた看板が立っていた。

ご主人さまの母さんとはじめて会ったのも、この場所だ。

「レタスとそっくりだから、キャベツね」

母さんはそう言って嬉しそうに笑っていた。

「ようこそ、キャベツ」

笑顔でボクを迎え入れてくれた。

ボクの先輩猫のレタスさんが亡くなったのは、ご主人さまの母さんが亡くなる何か月か前のことだそうだ。レタス先輩は、ご主人さまが小学生の頃に拾ってきた猫で、ボクと同じ、グレーのサバトラのオス猫だった。

雨の日だったらしい。小学生だったご主人さまは、ダンボール箱に入れられて捨てられていた小さなレタス先輩を見つけ、それを捨て置くことができなくて抱いて家に帰った。

ご主人さまの父親、つまり〝父さん〟は、レタス先輩を抱いたご主人さまを一瞥《いちべっ》して、「もとの場所に返してこい」とだけ言ってどこかに行ってしまった。

ご主人さまの母親、つまり〝母さん〟は、濡れそぼったレタス先輩を見て、「可愛いんだけどねえ」と言った後でくしゃみをした。連続で何度も。

「母さん、猫アレルギーなのよ」

くしゃくしゃの顔をしたまま母さんはそう言ったそうだ。ご主人さまは絶望した。けれど、ご主人さまがこの世の終わりみたいな顔をしているのを見て、母さんは鼻をぐしぐし言わせたまま、言葉を続けた。

「……けどしかたない。ひとつ、頑張ってみるか」

母さんの頑張りによって、レタス先輩はご主人さま一家に迎え入れられた。〝レタス〟という名前の由来は、入れられていたダンボール箱がレタスの箱だったからだそうだ。

人間の家庭の常と同じく、新しい家族になったレタス先輩は、世話を怠けがちなご主人さまではなく、世話好きで愛情深い母さんの方により懐いた。母さんも、レタス先輩といっしょに暮らしているうちに、いつの間にかくしゃみがなくなり、アレルギーの症状もしだいに改善されてきたのだそうだ。

不思議なものだ。

それから、レタス先輩とご主人さま一家の生活は長く続いた。小学生だったご主人さまは大学生になり、子猫だったレタス先輩は老猫になった。レタス先輩は、もともとそれほど活発に外を出歩くタイプの猫ではなかったらしいけれど、歳を取るとますます家から出なくなった。ご飯は食べているのにどんどんやせていった。母さんを見上げ、鳴くときの声が細くなった。毛がよく抜けるようになった。目を閉じていることが多くなった。

その頃から、レタス先輩は母さんの膝の上でじっとしている時間が増えはじめた。ご主人さまもレタス先輩の変化には気づいていて、日一日と弱っていくレタス先輩をやるせない思いでずっと見ていたのだそうだ。

レタス先輩はがんだった。

やがて、レタス先輩は食事をしなくなった。エサ皿がご飯で満たされていても、それを一瞥するだけで、すぐに母さんの膝の上に戻ってしまう。お医者にも連れていったそうだ。

「寿命だって」

獣医のもとから帰ってきた母さんは、まるで以前の猫アレルギーのときみたいなグズグズの顔をして、縁側に座ってレタス先輩を膝に乗せた。そして背中をなで続けた。

ご主人さまは、死のうとしているレタス先輩と、それを看取《みと》る母さんの背中をずっと見ていたらしい。ベッドの中でボクに聞かせてくれた。

「キャベツ……。何もできないって辛いことだよね。気持ちだけがわかって、痛みを分かち合えないって、すごく辛いことなんだってその時に知ったよ。

レタスが死のうとしていたあの頃、僕の母さんも、レタスと同じ病気に侵されていたんだ。後になって知ったんだよ。ひどいだろ？　母さん、僕には自分の病気のこと、ずっと隠してたんだ。『あなたを悲しませるのが怖かったから』だってさ。いつもそうなんだよ母さんは。なんで僕のことなんか考えるんだ。自分のことを一番に考えろよ、自分のことを大切にしてくれよって、僕、怒ったもの。なのに結局母さんは

――」

レタス先輩はそれから数日後に、母さんの膝の上で息を引き取った。

動かなくなったレタス先輩に駆け寄ろうとしたご主人さまを、母さんは静かに制したという。

「静かにしてあげて。やっと苦しくない場所に行けたんだから」

レタス先輩の背中の毛を、一本一本いとおしむように、母さんの細い指は梳《す》いていた。

「辛かったね。ごめんね——、何にもできなくて。もう大丈夫。もう苦しくないからね」

レタス先輩を失った母さんは、ひどく消沈していたらしい。目に見えて食欲も落ち、頬もこけていった。部屋で寝ていることが多くなった。体を起こすのも辛そうだった。まるでレタス先輩の最期と同じみたいに。

その頃だ。ボクはご主人さまの家に招かれてやってきた。

拾われたその足でご主人さまの家、「カモメ時計店」にやってきて、軒先に置いてあったダンボール箱にボクは入れられた。ダンボールの中には、やわらかな毛布が敷き詰めてあった。毛布からはかすかに機械油の匂いがした。

軒先でボクは鳴いた。ミャア、ミャアと何度も。

そしたらドアが開いて、寝間着姿の母さんが現れたのだ。カーディガンを羽織って、ドアの引手に手をかけて体を支えながら、ボクを見て、母さんは少しずつ笑顔に変わっていった。

「鳴き声が聞こえると思ったら……」

母さんの目が、ボクの入っているダンボール箱に落とされた。

「……キャベツの箱」

微笑んでいた。

「今度はキャベツなのね……。ようこそ、キャベツ」

6

「明日、時計がなくなるんだってさ、キャベツ」

ご主人さまの声は湿っていた。「いろいろなものが消えていく……。時計が消えたらこの世界はどうなるんだろう」

それは猫にはわからない。なぜなら時計とかいう機械は人間のためのものだからだ。

そもそも、この世界に時間なんてものはないのだ。一時間とか二時間とか、一分とか二分とか、はては一秒とか二秒とか細かな目盛を人間は勝手に作り出して、一人で焦ったり、「時間がない」とか嘆いたりしているみたいだけど、猫であるボクからしてみればおかしな話だと思う。

この世界には、日が昇って沈むというリズムはあるけれど、そのリズムに勝手に名前をつけたのは人間で、そんなものいちいち気にしながら生きている生き物なんていやしないのだ。

ご主人さまは、ボクがそんなことを考えているなんて夢にも思っていないようだ。ベッドの上で、静かな顔をしてボクの背中をなで続けている。

「ねえ、キャベツ。もし……、もしさ、この世界に時計が存在しなかったら、あいつは――、僕の父親は何を仕事にしていたのかな。あいつにはこれと言った趣味もないし、一日中薄暗い部屋にこもって、背中を丸めてアンティークの時計の修理ばかりしていたんだ。みんなが学校で話す、家族旅行とか、父と子のキャッチボールとか、そういう思い出がぜんぜんないんだよ。あいつはきっと、僕や母さんに興味がなかったんだと思う。自分のことしか見えてなかったんだ」

背中に乗っているご主人さまの手が少しずつ重くなる。

「だからあいつは……、母さんの臨終にすら間に合わなかった。時計を直していたんだってさ。壊れてしまった母さんの時計を、病室に母さんを残してずっと直していたんだって。母さんそのものが死ぬ間際だって言うのに、時計の修理を優先したんだ。あいつは母さんの顔を見るのから逃げたんだよ。自分の子供からも、家族からもずっと逃げてきたんだ」

ご主人さまの手が心地よくない重さになる。ザラザラした手つき。

「そんな男を許せるわけないじゃないか。そんな男に『父親だ』と言われて、肯けるはずがないじゃないか。母さんは、僕とあいつに仲良くしてほしかったみたいだけど、そんなこと……、できるわけがなかったんだ。

お前の先輩のレタスがさ、もう死にそうになっていた頃……。あの頃、あいつに言われた言葉が今でも耳に残ってるんだ。母さんがレタスと同じ病気になって、それを病院で告知された時も、レタスがやせ細って、獣医さんから手の施しようがないと言われた時も、あいつは同じ言葉ですべてを拒絶したんだ。『だって、どうしようもないだろう？』ってさ」

背中がザワザワしはじめた。ボクは身震いしてご主人さまに「不快である」と告げる。それでもご主人さまの手は止まらなかった。

「まるで呪いみたいに聞こえたよ。『どうしようもない』って何だよ。なるようになれってことかよ。何かしろよ。何かできないかって足掻けよ。そう思って、僕は心の底からあいつを軽蔑したんだ。レタスが病気で死にそうだった時も、母さんが死んだ時も、あいつは僕らの隣にいなかった。同じように、『どうしようもない』の一言で済ませたんだよ。自分では何もしないで、何が起こってもぜんぶ、『どうしようもない。

しかたがない』で済ませて……。僕は、そんな生き方は絶対に嫌だった。あいつみたいには、なりたくなかった」

ご主人さまの右手がボクの背に沈んで、ボクは「シャー」と声を上げた。ご主人さまが慌ててボクの背から手をどける。まるで何かに怯えている子供みたいな顔をしていた。

「あ……、ごめんよ。痛かったかい？　キャベツ」

今度は傷口に触れるみたいにおそるおそるボクの背中に手を伸ばしてくる。ボクは別に怒ったわけじゃないのだ。ご主人さまの気持ちをちょっとリセットしてやりたかっただけ。だから再び伸びてきた手は素直に受け入れる。

「でも……、やっぱり思うんだ。母さんは、僕と父さんを仲直りさせたかったみたいだけど、無理なんだそんなことは。この世界に『どうしようもない』ことがあるとすれば、きっとそれは『僕とあいつがわかり合う』ことなんだと思う。だって、仮にあいつが僕に歩み寄って来たって、僕はあいつを許さない。その逆だって同じだよ。これぱかりは、もう、『どうしようもない』んだ」

言ってしまってから、ご主人さまは、自分の言葉に打ちのめされたみたいに急に静かになった。寝返りを打ってボクに背を向け、「眠ろうか。キャベツ」と言う。

ボクは、ご主人さまの丸まった背中を見た。

まるで小さな子供みたいに、ご主人さまは体を縮め、膝を抱くようにして眠っていた。

木曜日

世界から時計が消えたなら

1

　ご主人さまの母親、〝母さん〟のことを、ボクはなんとなくしか覚えていない。
　ご主人さまに背中をなでられると思い出すのだ。フーカフーカしたあの感触。〝母さん〟の手は、ご主人さまと同じように、フーカフーカとボクの背をなでた。その感触だけはよく覚えている。潮風の強い寒い日だったように思う。母さんの胸の中は、外が寒くてもあたたかかった。ボクは目を閉じて、母さんの手にずっとなでられるままにしていた。いろいろな音、声が聞こえた。

――しっかりしなきゃ。私はいなくなるのよ、もうすぐ。

ご主人さまの母さんの声。波音にまざって聞こえてきた。

――母さんがいない世界なんて、想像できないよ。

ご主人さまの声。風に消されそうなほど小さかった。

――私ね、思うの。人間が猫を飼っているわけじゃないんだって。きっとね、猫が人間のそばにいてくれるのよ。

――なに言ってるんだよ。母さん。

そのとき、まだ子猫だったボクは、母さんの手から、ご主人さまの手の中に引き渡された。

――キャベツをお願いね。

――………。

――ね。

――……わかった。

母さんの少しだけ楽しげな声。

――あ、ちがった。頼りないご主人さまだろうけど、この子をお願いね。キャベツ。

そしてボクの鼻先を母さんはその指でチョンとつついた。ボクが目を開けると、ご主人さまは泣いていた。声を出さずに、母さんに気づかれないように。

その日から、ボクの背中をなでるのはご主人さまの役目になった。

母さんは、その後すぐに、この世界のどこにもいなくなった。ご主人さまが、どんなに「母さん」と叫んでも、決して声の届かないところに行ってしまった。

＊

今日の悪魔はやる気がないようだ。いつもみたいにいつの間にかボクの隣にやってきたものの、やってきたとほぼ同時に床にゴロンと転がってしまった。電池が切れたおもちゃみたいだ。

ゴロゴロしながらブツブツ言っている。

「んー。なんか今日はやる気ないかも。日がな一日ゴロゴロしてたいかも」

「すでにゴロゴロしてるじゃないか……。職務放棄じゃないの？　それ」

「そういうこと言わない。猫ちゃんだってだいたい毎日ゴロゴロしてるでしょうが。ついでに喉までゴロゴロでしょうが」

「……ぜんぜん上手くないし」

「んー。とにかく今日はオレはパス。君のご主人と一緒にどっか出掛ければいいじゃん。いい天気なんだしさ。ていうか行ってきなよ。今日はオレ、ついて行かないからさ」

言ってやる。

「どうして？　悪魔はのぞきが好きなのに？」

悪魔の傷ついた顔。

「のぞきが好きとか言わないでよ……。まあ、今日は有給休暇？」

「後できっと神さまに怒られるよ」

「いいんだよ。オレは神さまみたいに働き者じゃないの。六日連続勤務で休み一日だけとかマジ無理だから。体ももたないから。で、猫ちゃんのご主人は？」

「いつも通りシャワーを浴びてるよ」

「へええ。毎日決まった時間に決まったことを、決まった順番で……、ねえ。ご苦労なことで」

今度はつまらなそうな顔。悪魔のくせにコロコロ表情を変える。洗面所の方から、蛇口を締めるキュッという音が小さく聞こえてきた。

「あ。シャワーの音止《や》んだ。君のご主人もうすぐ出てくるよ」

「あ、うん。そうみたいだね」

言いながらボクはよっこらしょと体を起こして洗面所に向かう。トテトテ歩く。洗面所のドアが開いて、バスタオルで頭をワシャワシャ拭きながらご主人さまが出てきた。

ご主人さまの足にまつわりついて、とりあえず頭をすり寄せる。それを見て悪魔が甲高い声をあげた。

「うひょう。キャベツくんが甘えてる」

悪魔が視線を上げてご主人さまを見る。ニヤニヤしたままご主人さまに言う。

「何？　毎朝こんな感じで頭スリスリしてくるわけ？」

ちょっと困惑したような、それでいて照れたようなご主人さまのはにかみ。

「ええまあ……。シャワーの後はいつもすり寄ってきますね。なんでなんだろう」

「うひょう。そんなんキャベツくんの愛情表現に決まってるじゃん。ええー。ちょっとうらやましい。猫ちゃん、ほら、オレにも。オレの足にもこうスリスリしてよ」

ご主人さまの足に後頭部あたりをなでつけつつ悪魔の要望は完全に無視する。見てもやらない。

「ええー。無視された。何だよ、こんなに見せつけられちゃやってらんないよ。もう今日はオレ仕事しないからな！　猫ちゃんとオマエの二人で散歩にでも行って来ればいいじゃない。オレのことなんかほっといてさ！」

言ってからボクのことをチラチラ見てくる。

「オレ抜きで楽しんでくればいいじゃない！」

スルーしてるのにもう一度言ってきた。かなりウザいなこの悪魔は。

「そうですね。じゃあ、今日はキャベツといっしょにゆっくり過ごすことにします」

悪魔のウザい自己主張を微塵《みじん》も察せず、空気の読めないご主人さまがあっさりと言った。途端に悪魔が「えっ？」という表情になる。ボクは救われた気分になる。

「よし。朝食を終えたら一緒に散歩に行こうか。キャベツ」

ご主人さまがボクに微笑みを投げかけてきた。ボクはちょっと嬉しくなる。一人で歩くのも楽しいけど、ご主人さまと二人で歩くのもそれはそれで楽しいものなのだ。

ご主人さまが台所に朝食の用意に行ってしまうと、意気消沈した悪魔がボクの隣にやってきた。ため息と一緒に言う。

「猫ちゃんのご主人、ぜんぜん空気読まねえー」

「前からだよ。気づいてなかったの？」

「気づいてたけど程度を見誤ってた……。あれでしょ？　猫ちゃんのご主人、『君のことなんか、ぜんぜん好きじゃないんだからね！』とか女の子に言われて、『フラれた』とか思っちゃうタイプでしょ。絶対人生損してる」

否定はしない。

「その点猫ちゃんはアレだよね。人間の足にスリスリするとか結構やり手って感じだよね。オレもやってみようかなぁ……。こう上目づかいで、目とかキラキラさせちゃって。どう？」

「若干気持ち悪い」

「うわあー。微妙に表現を和らげてきてるところがむしろ傷つく」

「人間なんて、足元にすり寄って頭をスリスリすればたいていの事はしてくれるんだよ。高級な猫缶だって三十秒で開けてくれるし、自分が歯磨きの途中でもボクが散歩に出るためにドア開けてくれるし」

「わあ。猫ちゃん小悪魔。なにそれ。つまりさっきのスリスリは人間への媚《こ》びってわけ？　あざとい！」

「ううん。あれはただのマーキング」

「マーキング？」

「『この人間はボクのモノだよ』って印をつけてるだけだよ。シャワー浴びた後って、ボク以外の変なクスリみたいな匂いがするから」

「わあ。容赦ねえー。この悪魔」

ボクを悪魔呼ばわりした後で、悪魔は本格的にごろ寝モードに入ってしまった。準備を終えたご主人さまとボクがドアを開けて外に出て行くのを、寝仏のお釈迦《しやか》様みたいなポーズで見送る。

「じゃあ散歩に行ってきますね」

ご主人さまに、ヒラヒラと片手を振って見せる悪魔。

「はーい。気をつけてね。最後の一日に事故死とかシャレにもならないからね」

ボクは心の中で言い返す。やっぱり悪魔はお前の方じゃないか。

2

日差しは柔らかで、ボクの背中をあたたかな風がなでる。

ご主人さまがボクの後についてくる。ボクは誰はばかることなく気ままに、思いついた方向に足を向けて歩く。猫の散歩は気ままでいい。犬族の散歩はリードとかいうヒモで人間とつながっていて窮屈そうだ。目的が散歩であれば、決まったコースなど必要ないと思うのだ。

ふくらみ始めた黄色いつぼみを、道端の広場のフェンス下に見つけた。鼻を寄せてみる。青臭い匂い。ご主人さまがボクの背中に身を寄せてくる。

「タンポポだ。もうすぐ春なんだね」

どうやらこの黄色いものはタンポポというらしい。ボクはご主人さまをちょっと見上げてから、今度は水色の小さな花に顔を寄せてみる。タンポポの隣にちんまり生えているやつ。

「オオイヌノフグリだ。きれいな色だよね」

この小さな花にも名前があるらしい。ボクは鼻を寄せてクンカクンカ嗅いでみる。こっちはほとんど匂いがしない。きれいな色をしているのに。

「そうか。キャベツはいつも、散歩しながらこうしていろんなものを眺めているんだね」

なんだか感心したように言うのだ。

人間とは不思議なものだ。この道端の草にしてもそう。人間は物に名前を付ける。同じ草だというのに、形や色で区別して「タンポポ」とか「オオイヌノフグリ」とか、種類を分けて区別する。世界をあるがままに見ようとしないのだ。

ご主人さまが、しゃがみこんでオオイヌノフグリの花を指先でつついている。ボクを見て薄く微笑む。

「ずっと気づかずにいたよ。僕はずっと、目の前のことだけに必死になって、ほんとうに大切なものを無視し続けていたのかもしれない。当たり前に生えているから、毎年春になれば見られると思って、僕は、道端に生えてるタンポポをちゃんと見たことがなかった。何年も何年も、タンポポを楽しむことを忘れていたんだ」

ご主人さまの手がタンポポに伸びる。茎を手折って鼻先に近づける。折れた茎から白い液がにじみ出してくる。

「タンポポがこんな匂いなんだっていうのも忘れていた……。僕、三十年も生きてきたんだ。三十年もあったのに、本当に大切なことを、僕はちゃんとやってきたのかな。本当に会いたい人に会って、本当に伝えたいことを、ちゃんと伝えてきたのかな」

ご主人さまの目は何だか濡れているみたいだった。ボクはご主人さまの顔をじっと見つめる。見慣れたご主人さまの顔。聞きなれた声。ご主人さまと過ごす時間。空気。不思議と安心する。

ご主人さまがボクに言う。

「聞いてくれるかな、キャベツ。この世界から電話がなくなって、僕はね、自分を殴りたくなったよ。ようやく気づけたんだよ。僕はね、母さんにかける一本の電話よりも、目の前の着信履歴にかけなおすことに目一杯になってた。いつでもできるって思い込んで、本当に大切なことを後回しにして、目の前にあるさほど重要ではないことを優先して毎日を生きてきたんだ。ほんのちょっと考えればわかるのにね。どっちの電話の方が重要か。どっちの電話の方が大切かなんて、わかりきっていることなのにさ」

猫であるボクに返事はできない。けれど、ご主人さまはボクに語り続けた。言いたかったんだと思う。誰かにきっと、聞いてほしかったんだと思う。

「映画だってそうさ。ツタヤに教えてもらって大好きになったチャップリンの映画――。『ライムライト』を、僕はいつでも、何度でも観られると思っていた。だけど考えてみれば、そんなはずないんだ。何だってきっと同じなんだよ。映画を観られる残りの数。好物を食べられる残りの数。大切な人に会える残りの数――。きっと数えてみると、それは想像しているよりずっとずっと少ないんだと思う。いつでもできると思い込んで、大切な、本当に大切な人や物を、僕はずっとほったらかしにしてきたんじゃないかなって怖くなった」

ボクはご主人さまの顔をちょっとだけ見上げてから、手折られたタンポポの匂いを再び嗅ぐ。ご主人さまの手がボクの背中をフーカフーカなでる。

「今わかったよ。四年前、もう命が長くないってわかっていた母さんが、急に、『海の見える温泉に行きたい』って言い出した理由がさ。医者にも無茶だって言われたし、僕と父さんはほとんど絶縁状態だったから、僕は遠回しに『難しいよ』って言ったんだ。だけど、母さんはどうしても譲らなかった。『あなたと、お父さんと、キャベツと、家族全員で行きたいの』ってさ。今まで一度もそんなわがまま言ったことなかったのに」

やわらかな感触。

「母さんは、自分の人生にとって、本当に大切なものが、ちゃんとわかっていたんだ」

ご主人さまに背中をなでられながら、ボクも思い出す。かすかに覚えている。バスケットに入り、ご主人さまの母さんの膝の上で、何時間も電車に揺られた記憶がある。電車が止まり、外に出た瞬間に魚屋の香りがした。ボクにとってはじめての海。はじめての潮風。

「覚えてるかい、キャベツ。僕はさ、母さんのために最高の旅行をプレゼントしたかった。だから、宿も最高のものにしようと思って、意気込んで、とびきり上等の宿を予約したんだ。築百年を超える老舗の宿でさ、部屋なんか二つしかなくて、至れり尽くせりのサービスが最高の旅行を約束するって旅雑誌に書いてあった。だからきっと母さんは喜んでくれるはずだって思ってたのに、いざ着いてみたら、予約がとれていないなんてさ」

そうだった。温厚なご主人さまが、顔を真っ赤にして怒っていたっけ。

「あの時は驚いたな。すごく悲しくなって、その後ものすごく腹が立った。だって僕は電話でちゃんと予約を入れたんだ。なのに、押さえたはずの部屋にはすでに別のお客さんが入ってたんだ。いくら『予約したんです』って言っても、女将《おかみ》さんは平謝りするばかりでさ。謝られても困るよね。母さんの最後の旅行なんだ。本当に、最後の旅行だったんだ」

そうだ。ボクはバスケットの中で、ご主人さまの母さんの声を聞いた。

食いつくようにして女将に訴えているご主人さまを、優しい声で母さんは宥《なだ》めていた。

「気にしなくていいのよ」

ご主人さまの声は震えていた。

「だって……。そんなわけにはいかないよ。母さんのための旅行なんだ。母さんのたってのお願いだったんだ。なのに予約が取れてないとか、そんなのってないよ」

「あなたのせいじゃないわ」

「そうじゃない。そうじゃないんだ。こんな時でも母さんを喜ばせられないなんて、そんなのあまりにも、自分が情けなくって」

その時、ちがう声が混じったんだ。男の声。ご主人さまと似た、でもご主人さまより歳を取った声。

「野宿はごめんだ」

ご主人さまの父さんだった。三時間以上の電車移動の最中、ご主人さまと父さんはほとんど会話らしい会話をしなかった。切符の受け渡しで、「これ、父さんの」「そうか」という短いやりとりをしただけだ。その父さんが、ご主人さまの肩に厚い手のひらを置いて言ったのだ。

「宿を探してくる」

そして父さんはそのまま駆け出していった。ご主人さまは面食らっていたみたいだった。しばらくぼうっと立ち尽くしていたけど、父さんの姿が見えなくなると、急に打たれたようにご主人さまも駆け出した。ボクと母さんに、「ここで待ってて」と言い残して。

それから数十分。ううん、もしかしたら数時間だったかもしれない。ボクは、母さんの膝の上で、ご主人さまと父さんが戻ってくるのを待っていた。本来なら宿泊できたはずの老舗宿の女将が、母さんの車椅子を押して、宿のロビーに簡単な待合のスペースを用意してくれた。ボクにはミルクを、母さんにはあたたかなお茶を出してくれた。何度も母さんに、「ごめんなさい」と頭を下げていた。何度もその女将に「いいんですよ」と言いながら。

母さんはニコニコしたままボクの背をなでていた。

「二人とも、すごい勢いで走っていったわねぇ」

ボクは頭を上げて母さんの顔を見る。

「お父さんね、ああ見えて、昔はとても足が速かったのよ」

日が落ちて、宿の中庭に明かりが灯った頃、ご主人さまが戻ってきた。顔中を汗にしながら、切らせた息を整えもせずに、母さんに言っていた。

「一軒だけ……。一軒だけ空いている宿が見つかったよ」

母さんは、ずっと微笑んだままだった。ご主人さまの声は震えていた。

「古くて……、狭くて汚いかもしれないけど、床もギシギシ鳴るかもしれないけど……、一軒だけ見つかったんだ。さんざん走り回ったけど、僕は一軒も見つけられなかったんだ。だけど……」

泣きそうな顔をしていた。ご主人さまは息の残りを吐き出すようにしてこう言った。

「父さんが……、見つけてくれたんだ」


「わあ。いい宿じゃない」

母さんはそう言って、八畳一間の和室を満足げに見回した。小さな民宿だけど、ご主人も仲居さんも親切で、車椅子の母さんが負担なく部屋に入れるように、いろいろ気を遣ってくれていたようだった。

食事も用意された。小さな宿らしく決して豪華な食事ではないけれど、皿数は多く、一品一品に手をかけて作っているのが伝わってくる料理だった。ボクは食卓から少し離れたバスケットの中にいて、家族の食事を眺めていた。母さんは箸をもって、ほんのちょっぴり料理を切り取っては、口に運ぶたびに「おいしい」と笑っていた。用意された食事を食べきることはとてもできないようだったけれど、何度も何度も「おいしい」と言って笑顔を浮かべていた。ご主人さまと父さんに、まるでその笑顔を見せようとしているみたいに。

その夜は、三つの布団が部屋に並んだ。真ん中が母さん。右隣が父さん。左隣がご主人さま。ボクは母さんの布団の上に乗っかって眠った。

明け方、母さんの起き上がる気配を感じてボクは目を覚ました。明け方と言ってもまだ日も昇らない時刻だ。春遠からじ、冬の終わりの季節だからまだ朝は冷える。ボクは布団の上で身震いして、それからまだ薄暗い部屋の中を見渡した。

部屋の広縁、大きな窓を目の前にした板敷のスペースに、三人のシルエットがあった。座っている母さん。隣に父さんとご主人さまが並んで立って、窓の向こうの景色を見ていた。昨日は夜になって部屋に入り、食事をして眠ってしまったからわからなかったのだ。

部屋のすぐ前は、海だった。

暗い海から昇ってくる朝日が、窓を経てこの部屋に差し込んでくる。三人のシルエットが濃くなった。父さんが呟く。

「海だな」

ご主人さまの声。

「こんな目の前に海があったんだ」

母さんの声。

「行きましょう。写真を撮ろう。私たちの写真を」

それから、家族は朝の海に出かけて行った。三人とも浴衣で、ご主人さまが母さんの車椅子を押して、その後を父さんが寒そうに身を縮めて歩いて、ボクは母さんの膝の上に乗っかっていた。

冬の朝日が、ボクの瞳をぎゅっと縮めた。

ボクの背中をなでながら、ご主人さまは、いつの間にか目に涙を浮かべていた。

「あのとき、母さんは、自分が旅行に行きたかったわけじゃなかったんだ。母さんは、僕と父さんを仲直りさせたくて……、僕ら家族を、元のようにしたくて……」

ご主人さまの手が止まった。

「僕は、それをうすうすわかっていた。なのに僕は——、母さんの気持ちを知りながら、それでも父さんを——」

3

アパートに帰ると、悪魔は部屋にいなかった。ご主人さまは無口だった。部屋の茶《ちゃ》箪笥《だんす》の上に載った古ぼけたヨックモックの缶。それに目をやって、それからボクを見て言った。

「……キャベツ。もう少しだけ、散歩の続きをいっしょにしよう」

再び部屋を出ると、前かごにボクを乗せて、ご主人さまは自転車でこぎ出した。必死の顔をしていた。必死に自転車をこいでいた。どこまでも遠くへ。住み慣れた街を越え、坂道を登って、汗を振りまき、まっすぐに前を見て、長い長い上り坂を登りきったらその先は海だった。遥《はる》か向こうのなだらかな斜面の先に、青々とした海と、海沿いの街が広がって見えた。小高い丘を挟んだ海側の別の街。そこがご主人さまの実家のある場所だ。ご主人さまが生まれ、育ち、ボクがご主人さまの家族になった場所。

「僕は、あの人に——」

自転車にまたがったまま、ご主人さまは遠くを見ていた。ご主人さまの喉が動き、コクリと唾を飲み込んだ。一直線に海に続く車道だ。その道の両脇にはたくさんの家々が並んでいる。そのうちの一つがボクらの生家だ。

「母さんは願っていたんだ。僕と父さんが」

ご主人さまはずっと見ていた。まるで自分の頭の中のフィルムにこの景色を焼きつけようとするみたいに。

「キャベツ……。時計がなくなったら、あの人はどうなるんだろう」

ご主人さまが首を曲げて電柱を見た。電柱には緑色に白抜きで文字が書かれた小さな看板が括《くく》り付けられている。書かれている文字はこうだ。

カモメ時計店　坂下る

「父さんの人生は、どうなってしまうんだろう」

その瞬間に世界が震えた。まるで足元の地面が一瞬で消失したみたいに不安な気持ちになる。世界が再構築される感覚。一度バラバラにされて、もう一度組み直される感覚。一秒前の自分と、今の自分が別のもののように感じられる不安感。世界が切り替わった。ご主人さまの瞳が乾いていく。じっと見ていた。電信柱の看板は、熱せられた鉄みたいにドロリととけ、細かな粒になって空に消えていく。カモメ時計店が消えていく。時計がなくなる。この世界から時計が消えていく。

いつの間にか、悪魔がボクらの隣に立っていた。

「はーい。これで時計が消えましたー」

何だかつまらなそうにそう言って、何も持っていない右手をプラプラと振って見せた。

「いやー、消えちゃったねえ、時計。どう？　せっかくここまで来たんだし見に行く？　お前の家が、今どんな感じになってるか」

ご主人さまは答えない。何度も喉を鳴らしている。喉仏が上下する。

ご主人さまの頬を、汗がひとしずく伝った。

「……消すしかなかった」

「ん？」

「……僕は時計を消すしかなかった。そうなんですよね……？」

悪魔は飄々《ひょうひょう》としたまま。

「別に。消さないって選択肢だってあったよ？　普通に死ねばよかっただけだよ」

「でも……」

悪魔はニヤニヤ笑っている。

「だって死にたくなかったんだろ？　大切な人との関係が消えていくけど、そんなのより自分の命の方が大切だもんな。これでまた一日生き延びることができた。めでたしめでたしじゃないか」

「…………」

「最初に言ったよね。何かを得るためには、何かを失わねばならないんだって。一日分の命に釣り合うもの。それを消さなきゃ、お前は今日を限りに死ぬんだよ。それだけだ」

悪魔がボクらを振り返った。背中で手を組んで、まるで思春期の女の子みたいにクルリと。「でさ！　次に消すもの決めたよ」

悪魔がニコニコしたまま自転車に近づいてくる。前かごに収まっているボクの目の前で立ち止まる。悪魔の手が伸びてきて、ボクの背中をワシャワシャとなでた。ザラザラした冷たい触感。悪魔の呟き。

「猫ちゃんはさ、ご主人さまのことが、好きかなー？」

さわやかにそう言った。ご主人さまの顔から一気に血の気がひく。ボクを見る。ボクに向かってご主人さまがゆるゆると腕を伸ばしてくる。

懇願するように呟いた。

「やめてくれ」

悪魔が唇を曲げた。目を細めて笑う。

「やだ」

ボクの首筋に悪魔の指が伸びてきた。指が触れる。ヒヤリとした突き刺さるような感触。

そしてボクは、悪魔にひょいとつまみあげられた。

その言葉を聞く。

「次は、世界から猫を消すよ」

金曜日

世界から猫が消えたなら

1

世界から猫が消えたなら、この世界はいったいどう変わるのだろう。

猫がいなくなればネズミが喜ぶ？　犬たちは人間のパートナー不動の第一位を獲得できて祝杯をあげるかもしれない。草原にすむバッタやカマキリはホッとするかな。セミたちも天敵がひとつ少なくなって喜ぶかな。商店街の乾物屋さんは、店先の招き猫がなくなってしまって困るかもしれない。街の雑貨屋に並んでいるキャラクター商品のラインナップが少なくなるかも。有名なアニメや漫画の登場人物がいなくなって、子供たちが残念がるかもしれない。

けど、きっと何かが猫の代わりに収まるだけ。

それだけのことのような気がする。

猫がいなくなれば、この世界はほんの少しだけさびしくなるのかもしれない。

けどそれだけだ。

だからこの世界に猫は必要？　それとも、人間の作った、人間のための社会にとっては、猫なんていてもいなくてもいっしょだからいらないもの？

そもそも、必要とか不要とか、それは誰にとってのものなのだろう。

ボクは悪魔に言う。これは決してご主人さまへの同情とか、自己憐憫《れんびん》とかそんな安っぽい感情じゃなく、論理的に考えた末の結論だ。

「ご主人さまは、猫を消せばいいと思うんだ」

悪魔が、ぷうと頬を膨らませてから言った。

「やっぱ、そういう結論になっちゃうか。猫ちゃんは」

月が明るい。

ボクと悪魔はご主人さまのアパートの屋根にいた。部屋の中ではご主人さまが眠っている。さっき、窓を開けて屋根に登る前に、ボクはご主人さまの寝顔をチラリと見た。横向きのご主人さまの顔には縦に涙の跡。乾いていたけど、まだ残っていた。

悪魔は膝を抱いたまま空を見ている。春の夜空は海の底から海面を見上げたみたいに、青の色が天に向かって濃くなって深くなる。悪魔が鼻の頭をポリポリ掻いている。

「だって、ご主人さまは人間だけど、それ以前に生き物なんだ。生き物なんだから、一日でも長く生きなきゃ。そのためなら、他の何を犠牲にしたってそれはしかたのないことだと思うんだ。だからご主人さまは猫を消して——」

「猫ちゃん」

「ん？」

「矛盾してる。猫ちゃんは生き物じゃないの？」

「あ……。そうか」

「そう。猫ちゃんも生き物なんだから、ご主人さまの残り少ない命なんか無視して、『消えたくないっス』って彼の情に訴えかければいいんだよ。そしたら彼だって猫ちゃんへの愛情にほだされて、『猫を消すなんてとんでもない。僕が死ぬからいいっス』って、自分から死ぬことを選ぶかもしれない」

「……………」

「そしたら猫ちゃんはいままでみたいに自由気ままに生きればいい。ただ、この世界からご主人さまが消えるだけさ」

「…………」

今日の悪魔は妙に静かだ。ボクをからかうようなそぶりも見せない。

「猫ちゃんは、消えるのがこわい？」

少し迷ってから答える。

「……よくわからない。こわい気もするし、何でもないことのような気もする。だって、ボクらは生き物なんだもの。生き物なんだから、ボクらは必ずいつか死ぬ。時期の問題で、早いか遅いかのちがいでしかないんだ。それに、死ぬっていうのは、食事や交尾と同じ、生き物として当たり前の出来事だろう？」

「そうだね」

「当たり前のことなんだから、それをこわがるっていうのは、何かちがう気がする」

「そうかな」

本当にわからないのだ。この世界から消えることの意味が。そして、いまの自分の心が。

悪魔が夜空に向かって人差し指をクルクル回し始めた。手持ち無沙汰なだけみたいにも見えるし、まるで何かの儀式みたいにも見える。指をクルクルしたまま、ボクを見ずにポツリと言った。

「よし。猫ちゃんにもご主人さまと同じようにオプションを提供してあげよう。君のご主人さまは、猫がいる最後の一日に、キャベツくん、君と過ごすことを選んだ。キャベツくん、君は——、猫のいる最後の一日に、どの猫と会いたい？」

いつの間にか、悪魔がボクを見ていた。笑っていない。何だか真剣な目。

悪魔の人差し指が、月を指してる。

ボクの口は自然に動いていた。

「レタス先輩に……、会ってみたいな」

2

アパートの屋根の上で、悪魔がバレリーナみたいにクルリと回った。

「さあ、世紀のイリュージョンだよ。お見逃しなく」

途端に悪魔の体が黒い煙に包まれた。唇を曲げた大げさな笑顔を残して悪魔が姿を消す。いやちがう。極端に小さくなった。人の膝くらいの高さにぎゅっと縮んだ。黒い煙の向こうに白い歯がチラリと見えた。煙が晴れる。大きな真っ赤な口が見えた。あくび？　のんびりした声が聞こえる。

「あー。春の夜はやっぱり気持ちのいいもんじゃのう。これでマタタビ酒の一杯でもあれば上々なんじゃが」

悪魔は一匹の猫に姿を変えていた。猫が笑う。人間みたいに唇を曲げて。

「お前がキャベツか。こうして会うのは初めてじゃな」

ボクは目を丸くした。この人が、レタス先輩か。

「お前がキャベツかと聞いておるんじゃが」

レタス先輩が今度は唇を尖らせて言ってきた。猫なのに表情が豊かだ。ボクは戸惑ったまま辛うじて肯く。

「『ハイ』じゃ、『ハイ』

「あ……。うん」

「『うん』じゃなかろう。ワシ、先輩なんじゃぞ。『ハイ』じゃ、『ハイ』」

「あ、はい」

レタス先輩はまるで酔っぱらっているみたいに満足げに目を細める。

「うむ。それでよい」

なんとも予想外。こうして見るレタス先輩は意外なほど幸せそうだった。最後は病気になって苦しんで死んだと聞いていたのに、まるでそんなこと無かったかのように、目を細めてゆっくりと前足を舐めている。ボクを見る。

「なんじゃ？」

「あ……。レタス先輩、ですよね」

「そうじゃ。キャベツ後輩」

言ってカラカラと笑う。もう一本の前足もゆっくり時間をかけて舐めてから、思い出したようにボクに尋ねてきた。

「時にキャベツよ。ご主人は健勝か？」

「え？　……ケンショウ？」

「すこやかであるかと聞いとるんじゃ。病気などしておらんかと」

「あ、うん。大丈夫。すごく元気です」

言ってから気がついた。慌てて訂正する。

「あ……！　じゃなかった。ご主人さまはもうすぐ死ぬんだった」

レタス先輩が目を丸くした。

「なんと。それはまたなぜじゃ」

「あ……。ええと、頭の中に大きなデキモノができているらしくて……」

「そうか。そうであったか。それはまた憂き目に」

「ウキメ？」

レタス先輩が嫌そうな顔になる。

「つらい目にあっておると言っとるんじゃ。お前、勉強が足りんぞ」

「あ……。はい。ごめんなさい」

なんだかボク、ご主人さまみたいなしゃべり方になってる。

「あの……。それで実は悪魔がご主人さまのところにやってきて、この世界からモノを一つ消せば、ご主人さまの命を一日延ばしてやるって取り引きを持ちかけてきたんです」

「ほほう」

「それでご主人さまは、最初に電話を消して、それから映画を消して……、あと時計とか、いろいろ消したんです。そしたら、ご主人さまのまわりの世界が、なんだかすごく変わって」

「ううむ。なるほど」

「ボク……。世界が変わっていくのを、悪魔といっしょにずっと見てたんです。ご主人さまが、恋人を失って、親友を失って、今度は家族を――。そして、ついに、猫を」

「なんと猫を！　猫を消すと？」

「わからないけど……。消すかもしれない」

「それで？」

「え……。あ、はい。それでって？」

「ご主人はどうしたいと？」

「あ……。聞いてないや」

レタス先輩が怒り出した。

「じゃあ相談は何なんじゃ。ワシに聞きたいことがあるんじゃろう？　でなければなぜワシを呼んだ」

言われてわかった。ボクは、ボクがどうしたいのかがわからないのだ。きっとボクは、その答えをレタス先輩に聞きたいのだ。

「ボクは、……これからどうしたら？」

そのまま言うしかなかった。自分でも情けないくらいに弱々しい声が出た。しぼりだすようにして続ける。

「ボクは……、ご主人さまに、猫を消さないでくれって言うべきなのかな。でも……、ボクが消えれば、ご主人さまはもう一日長く生きられるんだって」

レタス先輩の反応は思いのほかクールだった。ていうか、冷たかった。

「知らん。そんなの、お前の好きにすればいいじゃろ。いったい何を迷っておるんじゃ」

「だって迷うよ。ボクはご主人さまのことを好きだけど、それとこれとは」

はあ、とため息をつかれた。ボクは傷つく。

レタス先輩の呆れ顔。

「何を言うておるんじゃ……。お前は見てきたんじゃろ？　ご主人さまの彼女や親友や家族が消えていくのを。それを見て、お前はどう思ったんじゃ」

答える。

「……なんだか、悲しかった」

「なぜ」

なぜ？　考える。それはきっと、そこに確かにあったはずのつながりが、みんな、無かったことになってしまったからだ。引き裂かれてしまったからだ。

「モノが消えると——、ご主人さまと世界とのつながりがどんどん薄くなっていくみたいなんだ。ご主人さまが大切に思っていたもの、ご主人さまを大切に思っていた人がどんどん消えていく。すると何だか、ご主人さまそのものがどんどん透明になっていくみたいで……」

それがとても嫌だった。まるで自分のこと以上に、

「悲しかった」

そしたらあっさり言われた。

「じゃあそれが答えじゃろ。キャベツ。お前は、ご主人をこの世界から消したくないんじゃ」

拍子抜けだった。レタス先輩の言葉に頼り切って、情けないボクはすぐに結論を出そうとする。少しでも早く楽になろうとする。

「じゃあ……、やっぱり猫を消して、一日でもご主人さまの寿命を」

言った瞬間にとことん蔑んだ目をされた。

「アホか」

心の底から軽蔑した声で言われた。

「お前はなんっにもわかっとらん。ワシの後輩がこんなにアホとは何ともしのびない」

ボクは戸惑う。

「だ……、だって、ボクが消えたって世界はなくならないんだよ？　猫が消えたって

この世界は何も変わらないんだ。だったら、ボクの好きなご主人さまの命を、一日だけでも延ばした方が――」

「だまれ。もうたくさんじゃ。お前はご主人の何を見てきたんじゃ。悪魔といっしょにいろいろなものが消えるのを見てきたんじゃろ？　ご主人さまが悲しむのを見てきたんじゃろ？　それなのに、ご主人さまがいったい何を悲しんでおったのか、それすらわかっておらんのか」

レタス先輩が頭を抱えている。地団駄踏んで身悶《みもだ》える。

「ああーもう。しかたのないヤツじゃなあ……。お前まさか、いままで自分は一匹で生きてきたとか、勘ちがいしとるんじゃありゃせんか？」

ボクは眉根を寄せて考える。そんなの決まってるじゃないか。ボクは生きてきた。一人で。

だってボクは早くに自立した。母猫に教わった知恵を生かして、一人で生きる術を身に付けた。自分で考え、行動して人間の家に居ついた。人間の家族の一員のような顔をして、人間を利用してご飯と寝場所を用意させた。人間に甘えてみせたり、背中をフーカフーカなでさせてやったりもしたけれど、そんなのはちょっとしたお返しにすぎない。

ボクは生きてきたはずだ。一人で。

「そんなわけないじゃろ」

またあっさり言われた。レタス先輩は前足でボクを指差す。

「お前は生まれた瞬間から一人じゃったか？」

ちがう。そばには兄弟がいて、母猫がいた。

「それだけか？」

あ……。そうか。ボクは覚えていないけれど、母猫の暮らしていた家の人間も、きっとボクのそばにいた。あの時ボクは、一人きりじゃなかった。

「それで、ご主人の家にやってきたお前は、ずっと一人でおったのか？」

それもちがう。ご主人さまの家の近くには猫が結構いて、ボクには何匹もの友達がいた。会えば話をするし、匂いを嗅ぎ合った。人間の子にだって知り合いがいる。ボクを見つけるといつでも駆け寄ってきてボクをギュッと抱きしめるものだから閉口したんだ。母さんといっしょに買い物に行ったことも何度もあったっけ。夕飯の買い出し。商店街の人間たち。喧噪《けんそう》。いろんな人間に「奥さん、今日は猫ちゃんといっしょに買い物かい？」と言われて、母さんは何だか気恥ずかしそうだった。買い物を終えて家に帰ればそこにはいつも父さんがいた。あまりしゃべらない父さんだったけど、母さんが家に戻ってきた時だけは、たとえ小さい声であっても必ず「おかえり」って言うんだ。ご主人さまもよくボクを抱いてくれた。隣の家の老夫婦も知ってる。ボクを見かけると、まるで孫でも見るみたいにいつも顔中をくしゃくしゃにしていたっけ。

「お前のまわりには何もなかったのか？　お前は暗闇の中にずっといたのか？」

ちがう。ボクのまわりにはいろいろなものがあった。人や動物だけじゃない。食事があった。水があった。棚の中にはいつも猫缶があった。ご飯を食べるためのボク専用のうつわ。ボクのためのトイレ。お気に入りの毛布。爪を立てて怒られた布製のソファ。飛び乗ったらあっさり倒れて、何本も傘が散らばった玄関の傘立て。父さんのサンダル。子供の頃のご主人さまの長靴。母さんの三面鏡と化粧品の匂い。ゆうべのおでんの残りでいつもとちがう匂いがする台所。死んで動かなくなったセミ。列を作って歩くアリの群れ。赤い夕日。加工された魚のすり身。みんなボクのそばにあった。ボクの生きている世界を、それらが作っていた。

「お前はひとりだったか？」

答えられない。言ったら嘘《うそ》になるから。

一人で生きてきたなんて、とても言えないじゃないか。

「お前のご主人だっていっしょじゃ。確かにお前のご主人は一個の人間じゃが、一人ではない。ご主人には彼女がおって、親友がおって、家族があった。それを失ったんじゃぞ？　それをご主人は心の底から悲しんでおった。だというのに……」

レタス先輩が声を大にして叫んだ。ボクを怒鳴りつけた。

「ご主人がお前を消すと思うか！　お前が消えたら、ご主人に何が残る！」

——猫を消さなきゃ、ご主人さまが死んでしまう。

だからボクは消えなきゃならない。

——死んだら元も子もない。死ぬことと、この世界から消えることは同じだ。自分がいない世界なんて、あってもなくても同じだ。

そう思い込んでいた。だから、自分が生き残るためなら、他はぜんぶどうでもいいのだと思っていた。

でもぜんぜんちがった。

そうじゃないのだ。

自分なんか、本当はどこにもいない。

ボクは、そしてご主人さまは、世界中のあらゆる物とつながっている。

人や物、世界とのつながりそのものが、「自分」なのだ。

「キャベツよ。お前は一人ではない。わかるじゃろ、それくらい」

わかった。ようやくわかった。

ボクはぜんぜん一人じゃなかった。

世界はいろいろな、それこそ無限に近いような多くのモノからできている。そして、それほどたくさんのモノが溢れているのに、そのうちの一つでも欠けると、世界は姿を変えてしまうのだ。一つでも欠けてしまうと、ボクはボクではなくなる。この世界に、一人きりなんてありえないのだ。

レタス先輩がボクをじっと見ている。ボクは思い出していた。

もうすぐ死ぬとわかっていた時、ご主人さまの母さんが言ったことを。冬の海岸で、ご主人さまに車椅子を押されながら、鈴みたいに透明な声で。

「私ね――、思うのよ。人間が猫を飼っているわけじゃないの。猫がね、人間のそばにいてくれてるんだって」

あの時、ボクにはわからなかった。「誰にも言ってないのに、何でボクの本音を知ってるんだろう」くらいにしか思えなかった。けど、今は。今ならあの時の母さんの気持ちがわかる。

ツタヤはボクに言った。この世界から映画が消える直前に、ボクをその胸にギュッと抱いたまま、涙声で言っていた。

「俺とアイツを本当の友達にしてくれたのは、キャベツ、お前なんだ」

猫が消えれば、ご主人さまとツタヤは親友にならない。あの時、もしボクがいなかったなら、ツタヤはつまらない用事をでっち上げて帰宅していただろう。そしたらいっしょに悩むこと、ともに悲しむことができない。二人は親友にならず、互いの孤独を埋めあうための形だけの友人に終わっていたかもしれない。

四年前、ご主人さまは言っていた。母さんと父さんと過ごした、最初で最後の家族旅行の後に、ボクを膝に抱きながら、ポツリと言っていた。

「キャベツ……。僕たち家族は、きっと、お前がいたから、ギリギリのところでつながっていられたんだと思うんだ」


答えなんか目の前にあったのだ。

「どうしてご主人さまは猫を消すことを迷うの？　自分が死んでしまうのに」

ばかな疑問だった。

死ぬのと消えるのはちがう。

死にたくなかったんじゃない。

ご主人さまは、この世界から消えたくなかったのだ。

自分が存在した世界と存在しなかった世界。そこに生じるほんのわずかなちがい。

そのわずかな差こそが、きっと自分が生きてきた証《あかし》。

それが生きるってことなのだ。

出会ってすらいないことになれば、それはぜんぶ無くなる。何のつながりもない一人きりの人生に、生きる意味なんてないのだ。

レタス先輩が微笑みを浮かべたまま消えていく。背景に溶けるようにして消えていく。

「やっとわかったか。アホ後輩」

雷に撃たれたようだった。体がビリビリ震えている。

ボクは消えちゃいけなかったのだ。「猫を消してほしい」なんて、口が裂けても言ってはいけなかったのだ。

だって、そうじゃないか。

みんながいるから、ボクはキャベツなんだ。

3

朝から雨が降っている。ご主人さまはまだ寝ている。部屋の窓を雨粒が打つ音。

ボツン、ボツン、ピシャリ。

ボクと悪魔は姿を消してご主人さまを見ている。ボクは悪魔の肩の上に乗って、べッドの中のご主人さまを見下ろしている。雨音の隙間にご主人さまの寝息が聞こえる。悪魔は彫像みたいに固まったまま動こうとしない。ボクも動きたくない。

どれほど時間が経っただろう。ご主人さまが寝返りを打ち、仰向《あおむ》けになって右腕を額に乗せた。その直後にご主人さまが「ううん」とうなった。目を覚ます。

「おはよう……。キャベツ」

まだ目を開ける前にそう言って、塞がった目を片手で擦《こす》りながら、もう一つの手でベッドの上をまさぐった。ボクを探しているのだ。いっしょに眠っているはずのボクを。

「……？　キャベツ……？」

目を開けた。布団の上にボクがいないことを確認する。上半身を完全に起こした。勢いよく首を回して窓を見る。「キャベツ……⁉」

窓は閉じられたままで、水滴がいく粒も、まるで頬を伝う涙のように流れていた。ご主人さまが立ち上がる。声を大きく、叫ぶようにして言う。

「キャベツ！　どこだ⁉」

ベッドから飛び降り、床の雑誌とCDケースを踏みつぶした。転びそうになりながら台所に向かう。「いない」。すぐに風呂場へ。「ここにもいない」。洗面所を見て玄関へ。「どこだ」。リビングに戻ってきたときにはご主人さまの顔はぐしゃぐしゃだった。

「キャベツ、どこだ」

前髪が汗で額に張り付いていた。内臓を吐き出しそうな声になって言った。

「キャベツ……！　まさか、僕は猫を消してしまった……？」

悪魔を見る。ボクの全身の毛が逆立っていた。体中を氷漬けにされたみたいだ。悪魔の耳に食いつかんばかりにしてボクは叫んだ。

「ボクを下ろせ！　ご主人さまに、ボクは消えていないって見せるんだ！」

悪魔の左手は、ガッシリとボクをつかんで放さなかった。いくら暴れてもビクともしない。ボクを求めて部屋中を走り回るご主人さまを、冷たい目でじっと見ている。

「放せって言ってるだろ！」

「嫌だね」

悪魔の左手はますます強くボクを固定した。ボクは体をひねり、悪魔の呪縛から何とか抜け出そうと抗《あらが》う。

「放せって！　かみつくぞ！」

「どうぞ。どうせ痛みなんて感じやしないし」

抜けない。骨なんか折れてもいい。だから今はご主人さまのところへ行きたい。

「ボクは消えていないって見せるんだ！」

部屋着を脱ぎ散らかし、上着をつかんでご主人さまが部屋を飛び出していく。鍵もかけずに、傘も持たずに、大粒の雨の中に駆け出していった。ボクは跳びたい。跳んでご主人さまの背中に乗り、「ミャア」と鳴いて、「ボクはここにいる」って伝えたい。なのに悪魔が離れない。放してくれない。

ボクの背中に悪魔の長い五本の指が食い込んでいる。

「ご主人さまが……」

自分が情けない。腕一本で悪魔に押さえつけられているだけ。それだけでボクはもう何もできなかった。ご主人さまの後を追うことも、悪魔を引っ掻くことも、鳴き声を上げることすらできない。

悪魔がボクを押さえつけたまま、冷たい声で言った。

「行くよ。君のご主人を観察しなきゃ」

「……嫌だ！　放せ！」

「拒否権とかないから。猫ちゃんは、オレといっしょにご主人を見ることを選んだんだ」

悪魔が振り返らずに部屋を出る。暴れるボクを押さえつけながら、雨に濡れた鉄階段をコツコツと降りていく。地面に降り立ったら雨音が変わった。土を打つボッ、ボッという大粒の雨音。穴をうがつような深い音。

「こんな雨の中、傘も差さずに……。まったく、猫ちゃんのご主人は」

遥か向こうにご主人さまの背中が小さく見えた。全力で走っている。雨音の隙間にボクを呼ぶ声が聞こえる。

悪魔の呟きとご主人さまの背中がボクの記憶を刺激した。雨の中……。走るご主人さま……。


そう、ちょうどこんな雨の日だった。ご主人さまの母さんが死んだ日は。

母さんはずっと入院していた。母さんの入院をきっかけに、ご主人さまも今のアパートにひとり暮らしをはじめた。アパートの方が、母さんの入院している病院に近かったからだ。理由はもう一つあった。母さんが入院し、実家にはご主人さまと父さんの二人だけが残された。きっとそれに、ご主人さまは耐えられなかったのだ。

あの日、ご主人さまはずっと戻って来なかった。早朝、いや、夜中と言った方がいいかもしれない時間に病院から電話があって、そのままご主人さまはアパートを出て病院に向かった。ずっと無言だった。何も持たずに部屋を飛び出していった。ついさっき、ボクを探しに部屋を出た時とまったく同じ顔をして。

一日中雨だった。ボクはご主人さまの部屋で、ご主人さまの帰りをじっと待っていた。前足を立てて尻を床につけ、部屋の中から玄関を見つめながら、ご主人さまが帰ってくるのをずっと待っていた。

雨音しか聞こえない世界。じっと待っているときにふと気づいたのだ。

窓を開ければ外に出られる。

すばらしい思いつきのように思えた。

そうだ。ボクは、母さんとご主人さまに会いに行けるじゃないか。


病室までの道のりは長かった。何しろボクは子猫だったのだ。雨の避け方も知らなかったし、道路を走る自動車を間近に見たのもはじめてだった。意識していなかったけれど、散歩の時は、いつもご主人さまに守られていたのだと気がついた。

母さんの病室は二階で、窓にたどり着くために、ボクは病室の脇に生えている高い木に登った。これもはじめてのことだった。雨に濡れた木肌はつるつるしていて、子猫であるボクの爪は何度も表面を滑った。幹を登り、大きめの枝にしがみついて、木の葉に頭を隠すようにして病室の中をのぞき見た。濡れたガラス越しのぼんやりと歪んだ世界。でもそこには確かに、ご主人さまと母さんがいた。

あの時——。ご主人さまの母さんは、何かを叫んでいた。

窓の外にいたボクには聞こえなかったけど、まるで命を振り絞るみたいにして、必死に何かを叫んでいた。

ご主人さまは病室の入り口近くに立ちつくし、医者たちに押さえ付けられる母さんを見ていた。

母さんの口が動く。

み

な

い

で

「見ないで」

そう叫んでいた。苦しみ暴れる自分の姿を、ご主人さまに、「見ないで」ってお願いしていた。

心も、体も苦しかったんだ。

ボクは走ってアパートに帰った。胸がザワザワしていた。なのに原因がわからない。大きな犬に追いかけられた時や車に轢かれそうになった時に感じた不安と焦り。それに似ているようでちがう気持ちだった。走っているからばかりじゃない。冷たい汗が際限なくにじみ出てくる。

アパートに帰り、窓から部屋に入って、濡れたままもとの姿勢に戻った。前足を立てて尻を床につき、身じろぎもしないでご主人さまの帰りを待つ。玄関をじっと見たまま、ご主人さまを待ち続ける。いつまでも、何時間も。

それしかできなかったのだ。ボクには。


雨脚はますます強くなったみたいで、ご主人さまがドアを開けたときに聞こえてきた音は滝のようだった。ベランダのトタン屋根がガンガン鳴ってる。ご主人さまはびしょ濡れだった。頭のてっぺんから足の先まで、まるで滝つぼに落ちたみたいに濡れていた。ドアをくぐり、後ろを向いてドアを閉め、またこっちを見てその場に膝をついた。濡れた布を叩きつけたみたいにビシャリと床が鳴った。ボクはご主人さまに近づく。ご主人さまの冷え切った二本の腕が、ボクに向かってゆるゆると伸びてきた。ボクに触れる。氷のようだ。

ボクをなでる。

氷柱のように冷えた指から、ご主人さまの気持ちが伝わってきた。

「キャベツ……。母さんが……」

ボクは抱きしめられる。流れ込んでくる。ご主人さまの心が。

痛いって言ってた。

苦しいって言ってた。

トクトク流れ込んでくる。ご主人さまがボクを必要としているって。

そして同時に気づいた。ご主人さまは腕を伸ばしただけ。ご主人さまの胸に抱かれに行ったのは、ボクの方だった。さっきまでの全身を蝕《むしば》むようなざらついた気持ちは消えていた。ご主人さまの胸は冷たいのに、抱きしめる腕は強すぎて痛いのに、ボクはひどく安心していた。ボクは部屋の中で、ずっとこれを待っていたのだ。

ご主人さまに抱かれること。

気持ちを伝え合うこと。

その瞬間に理解したのだ。

ボクがご主人さまといっしょにいるんじゃない。

ご主人さまが、ボクといっしょにいてくれてるんだって。

*

ご主人さまは走っていた。水たまりを踏み砕き、大粒の雨を全身で弾きながら、早朝の街を全力で走り続けていた。「キャベツ」

何度もボクの名を呼びながら。

「キャベツ、どこだ」

走っていた。心をむき出しにして、ただひたすらに、ボクを求めていた。

4

「あーあー。びっしゃびしゃ。見てらんない。みすぼらしい。髪の毛ぐしゃぐしゃ。涙ダラダラ。その上よく見るとよだれまで垂れてる。君のご主人はアレだね、必死だね」

悪魔が言う。大雨の中傘も差さず、髪振り乱してボクを探すご主人さまの背中を眺めながら、まるでテレビの向こうで起こっている戦争を見るみたいな口調で。

「みっともない。何をそんなに必死になる必要があるのかね。だってたかが一匹の猫でしょ？　猫が消えたから何だっていうのかね。いままで、さんざんいろんなモノ消してきたくせにさ」

ちがう。ご主人さまが見ているのは、そんなものじゃないんだ。

「人間ってのはよくわからないよ。君のご主人の彼女にしても、君のご主人の親友にしてもそうだ。親友はＤＶＤケースを握り締めてわざわざ家までやってくるし、彼女の方は、数年ぶりにいきなり呼び出されたってのに、不審がるどころか彼の心配までしてるときたもんだ。特に彼女の方なんて意味わかんないからね。彼が『もうすぐ死ぬんだ』って伝えた後、例の彼女が何をしたか、猫ちゃん知ってる？」

知らない。知るわけがない。

でも知りたかった。

悪魔が静かに笑っている。

「――部屋に帰ってさ、昔の荷物箱をひっくり返して手紙を探してたんだよ。何年も前に、彼の母さんから預かった、猫ちゃんのご主人さま宛ての手紙をさ」

ご主人さまの母さんの手紙？　そんなものが。

「で、見つけた手紙を封筒に入れて、切手を貼って、近所のポストまで出しに行ったんだ。彼女が手紙を投函したすぐ後だね、オレがこの世界から電話を消したのは。世界から電話が消えたから彼女は何も覚えてない。けどさ、ポストの中の手紙は別だよ。手紙は手紙。郵便配達の人がこの世界にいる限り、手紙は届く。君のご主人のところへ」

悪魔が長い指をワイパーみたいに動かした。

「で、どうする？」

ボクに聞く。

「行く？　猫ちゃん」

悪魔がスッと腕を解いた。ボクは地面に降り立つ。悪魔がボクの背中を見下ろしている。

ボクは答えなかった。振り向きもせずにひたすら走る。ご主人さまのところへ。ご主人さまの腕の中へ。

ご主人さまに教えてあげなきゃ。アパートに帰ってご主人さまに知らせなきゃ。

手紙が届いているんだって。

母さんからご主人さまに宛てた手紙が、ご主人さまを待っているんだって。


この世界から様々なモノが消えることで、ご主人さまはどんどん孤独になった。

けど、まだ遅くない。

ボクはご主人さまに伝えるんだ。

そんなことないって。

だって母さんの手紙がある。

手紙を出してくれた彼女がいる。

ご主人さまのために泣いてくれたツタヤがいる。

それにボクは、ご主人さまに会いたい。

ご主人さまはこの世界に確かに存在しているんだ。

それをどうしても、ご主人さまに伝えなきゃいけない。

ボクは息を切らせたままアパートの郵便受けに乗っかっていた。濡れネズミになったたご主人さまがボクを見て呟く。

もう一度。

「……キャベツ」

今度はボクに手を差し出しながら。

「……キャベツ」

「キャベツがいる。良かった……。僕はキャベツを、消してなかった……」

ボクはご主人さまに抱かれた。ギュッと強く。冷たい腕の中で、ボクは「ミャア」と鳴く。消えるもんか。

ボクにはご主人さまに伝えなきゃならないことがあるんだ。

ボクたちみんなが、ご主人さまといっしょに居るってことを。

つながっているってことを。

郵便受けから手紙を取り出したご主人さまは、ボクを連れてアパートの部屋に戻った。服を着替え、体を乾かしてからテーブルの椅子につく。テーブルの上には一通の手紙が載っていた。

ご主人さまの細い指が封を切って、中身が取り出された。ボクはご主人さまの膝に乗っていっしょにそれを見る。封筒が一つと小さな便箋が一枚入っていた。

——お母さんから預かっていた手紙を、あなたに送ります。

便箋には、彼女の字でそれだけが書かれていた。ご主人さまが封筒を開く。几帳《きちょう》面《めん》に折り畳まれた何枚かの手紙。ご主人さまの瞳が、文字を追って上下に動き始める。母さんの字だった。


この手紙を書いている私は、もうすぐこの世界から消えてしまいます。

だから、その前に、自分は何をしたいんだろうと、あれこれ考えてみました。

おいしいものを食べたい。

いろんなところに行きたい。

おしゃれをしたい。

そんなことを考えているうちに、私は気づいたのです。

私が、死ぬまでにしたいことは、ぜんぶ、あなたのためにしたいことなんだってことに。

ですが、私はもう、あなたのために何かをしてあげることができません。

なので、これから、私の知っている、あなたの素敵なところを書き出してみます。


あなたの素敵なところ。

あなたは、いつでも私の味方でいてくれる。

あなたは、誰かが喜んでいるときや悲しんでいるときに、その気持ちに寄り添うことができる。

あなたの可愛らしい寝顔。そのくせ毛。

ついつい鼻を触ってしまう癖。必要以上に人に気を遣ってしまう性格。

私が風邪をひくと、いつも家事を張り切ってやってくれたあなた。

私が作った料理を、本当においしそうに食べてくれたあなた。

あなたにはわからないかもしれません。あなたが生まれてきてくれたことで、
私の人生がどれほど素敵で輝いていたか。

だから、私はあなたに伝えたいのです。

生まれてきてくれて、ありがとう、と。


「……ありがとう」

ご主人さまは下唇を嚙みしめて肩を震わせていた。ボクはご主人さまの膝の中で顔を上げる。両の目から涙がこぼれていた。瞼を割って、ボロボロと大粒の涙がこぼれ落ちてくる。

いつまでも、あなたの素敵なところが、そのままでありますように。

手紙はそう締めくくられていた。ご主人さまが手紙を封筒に戻す。とてももろい砂糖菓子を皿に載せるときみたいに、丁寧に、ゆっくりと、少しだけ怖がっているみたいに。そして愛おしそうに。

手紙を閉じたご主人さまが顔を上げた。目は赤いけどもう泣いていなかった。首を回して玄関を向く。

そこには悪魔が立っていた。ご主人さまと同じ姿をした悪魔が、壁に片手をついた姿勢でボクとご主人さまをじっと見ている。

ご主人さまが言った。

「ありがとう」

さっき、手紙の最後で母さんが言っていた言葉と同じだった。ご主人さまが悪魔にお礼を言っている。

悪魔の瞳だけがピクリと動いた。

「何それ。なんでありがとう？」

ご主人さまは続ける。悪魔を見据えたまま、ほんの少しだけ微笑んで。

「……あなたのおかげで、この世界がかけがえのないモノでできているのを知ることができた。そして、それらかけがえのないモノたちが、僕という人間を形作っているんだってことも知ることができた」

「………」

迷いのない言葉だった。ご主人さまは言った。

「だから、猫は消さない」

悪魔がポソリと言う。

「死ぬよ？」

ご主人さまは微笑んだままだ。

「確かに、死ぬのは怖いです。だけど……、僕は自分の寿命を知らされ、それをちゃんと受け入れて死ねる。これって、ちょっぴり幸せなことじゃないかと思うんです」

「へえ」

「ねえ悪魔。あなたは、僕なんですよね」

「………」

「僕の中の、もう一人の僕なんでしょう？」

「…………」

「僕は、ずっと自分と話していたんだと思うんです。自分の死を、受け入れることができない僕自身と」

「さあね」

悪魔がそっぽを向いた。でも、悪魔の頬がピクリと震えたのをボクは見逃さなかった。悪魔のヤツ、ご主人さまの言葉を聞いて、ほんのちょっぴりだけど、頬を緩めたんだ。

「……でもまあ、悪くないか。『ありがとう』で終わる人生ってヤツも」

笑ったんだ。

悪魔がウインクした。ちょっぴり不器用に、両目とも閉じてしまいそうになりながら。

「もう時間だ。オレは消えるよ」

ボクとご主人さまに向けて、節くれだった長い指をヒラヒラと振った。

お別れだ。

「じゃあ、さよなら」

そして悪魔は、現れたときと同じように、あっけなく消えてしまった。

土曜日

世界からボクが
消えたなら

朝になると、世界は元に戻っていた。何も変わっていなかった。

テーブルの上には携帯電話があった。薄型テレビのラックにはDVDが並んでいた。壁には時計がかかっている。秒針は動いていた。ベッドにはふくらみがある。ご主人さまがそこにいる。

テーブルの上には一枚の写真が載っていた。ちょっとピンボケの写真。写っているのは車椅子に座った母さんと、それを支えるご主人さまの二人で、場所は冬の海辺。チラチラと雪が舞っている。あ、ちがう。母さんがボクを抱いているから、写っているのは二人と一匹だ。最後の旅行の朝、家族で撮った一枚の写真だ。ピンボケがひどくて、母さんが笑っているのが辛うじてわかるくらい。ご主人さまの表情は読めない。そんな写真。母さんから届いた封筒の中に、この写真が一枚、入っていた。

ご主人さまはいつも通り目を覚ました。朝の七時。目覚ましが鳴る前に目を覚まして、ちょっとだけ得意げな顔をして鳴り出す前の目覚まし時計を止める。そして言う。

「おはよう、キャベツ」

ボクは鳴く。いつもと同じように。まるで、いつもと同じ朝かのように。

「ミャア」

ご主人さまが、パジャマのまま台所に向かっていく。聞きなれた音が途切れずに続いていく。ボクのエサ皿をきれいにし、そこにキャットフードを満たす音。カラカラザラザラ。水を入れ替える音。バシャリ、トクトクトク。ボクはあまり飲まないけど、毎朝必ず、新鮮な水が用意される。トイレの砂を掻く音。ジャクジャク。ご主人さまとボクの朝の音。

台所から、ご主人さまの声だけが届く。少し嬉しそうな声。

「キャベツ。今日は朝ご飯の上に甘栗をのせてやるよ。特別だ」

いつもの朝の香りに香ばしい匂いが重なる。ボクはベッドを降り、舌なめずりしながら台所に向かった。パジャマ姿のご主人さまの足に頭をすり寄せる。

「なんだよキャベツ。今日は甘えん坊だな」

満更でもない顔をしている。なにせ大好物の甘栗をサービスしてくれるんだもの。これくらいのお返しは仕方がない。仕方ないから、ご主人さまに、幸せな勘ちがいをさせてやろうと思う。ボクという猫にすごく愛されているんだって。ずっと一緒にいたいんだって。離れたくないんだって。こんな朝が、ずっと続くのがボクの望みなんだって。そう思わせてやろうと思う。

でも、ボクの望んでいること。

それは無理なのだ。

「さ、食べな。キャベツ」

ボクはエサ皿に顔を突っ込む。一口食べる。舌の上で食べ物が躍る。甘栗が弾ける。甘い香りと肉厚の食感。いつもとちがう味。大好きだけど、いつもではない味。特別な味。特別な朝。

ご主人さまと過ごす、最後かもしれない朝。

ご主人さまは目玉焼きとトーストでいつも通りの朝食を済ます。その後でトイレに行き、まだパジャマのまま洗面所に向かう。ボクはその背中にテトテト歩いてついて行く。

歯ブラシがシャカシャカ鳴る。ご主人さまのまだ眠そうな顔。

「あーもー。キャベツ。だから洗面台に乗るなって。いくら鏡見たって、そいつは話しかけてきたりしないよ。それはお前なんだから」

そう。これがボク。四歳のサバトラのオス猫。

ボクはキャベツ。ここにいる。

「さて、今日はどうしようかな。何をしたらいいと思う？　キャベツ」

のんびりしたご主人さまの声。鏡の中には二人しかいない。パジャマ姿のご主人さまと、額に三本の縦じまのあるオス猫のボク。悪魔はいない。これがボクとご主人さまの暮らす世界。

今日も、この世界に、ボクらは生きてる。

ご主人さまが携帯電話を右手に握っている。プルルル、プルルルルと呼び出し音が鳴っている。それが途切れた。電話から彼女の声が聞こえてくる。不思議だ。

「もしもし」

〈もしもし〉

ご主人さまと彼女がつながった。目の前にいないのに、手を伸ばしても触れられないのに、この瞬間、二人の人間が確実につながっているのだ。互いのことを考えているのだ。

「君が出してくれたんだね。母さんの手紙」

〈……お母さんから預かってたんだ。あなたが本当に困ったときに渡してほしいって〉

「そうか。そうだったんだ」

〈……私ね、断ったんだよ。だって悲しいじゃない。そんな手紙受け取ってしまったら、まるでお母さんの遺言みたいで〉

「……でも君は受け取ってくれた」

〈お母さん、言ってたんだ。『たとえこの手紙が届かなくてもいい。誰かが持っていてくれるだけでいいの』って。だから……〉

「そうか……。母さんの願いを受け入れてくれてありがとう」

〈ううん〉

「ありがとう」

彼女が笑った。

〈どうして二回言うのよ〉

ご主人さまが答えた。

「僕の分のありがとうだよ。君に会えて、本当に良かった」

笑顔になっている。とても悲しそうな笑顔。電話を持ち直してご主人さまが言った。

「……あのさ、君にどうしても聞いておきたいことがあったんだ」

ちょっとだけ遅れて彼女が答える。

〈なあに〉

「あのさ……。僕らが一緒に行った卒業旅行。アルゼンチンから回ったイグアスの滝で、君は叫んだだろう？　すごい水しぶきの中でさ。大きく口を開けて何か叫んだだろう？　あの時さ」

〈うん〉

「あの時──。イグアスの滝で、君はなんて叫んだんだろうって」

彼女が息を吸い込んだ。

〈生きてやる〉

「え？」

〈『生きてやる』って叫んだの〉

少しだけ間を置いてご主人さまが言った。

「……どうして？」

〈……あの旅行でトムさんが死んだでしょう？　すごく唐突に、あっけなく死んだでしょう？　だから私、すごく腹を立てていたの。トムさんが死んだのに、世界は何も変わらないんだって思って。悲しくて空しくて、それでいてすごく腹を立ててた。けどちがったの。イグアスの滝を見て思ったの。トムさんが死んだら世界は変わる。だって、トムさんと出会ってほんの数日だったけど、私の中にトムさんは息づいてた。あなたの中にだって、トムさんはいたでしょう？〉

「……うん」

〈だから、トムさんが死んでも、世界は変わらないなんて嘘なの。世界は変わる。私もあなたも変わった。トムさんを失って、私の中の世界はすごく変わった。世界って、すごく大きくてしっかりしたものだと思っていたのにまるでちがったの。世界はすごくやわらかい〉

「………………」

〈あなたが死ぬのは、とても悲しい〉

彼女が言った。かなりはっきりと。ご主人さまの口がちょっとだけ開いてまた閉じる。

〈あなたがいなくなったら、私の世界はまた変わる。大勢の人の世界が変わってしまう。きっと、想像もつかないくらい、大きく変わってしまうんだと思う〉

「……………」

〈だけど私は生きてやる。私の世界にあなたを刻んで、しっかり、図太く生きてやる。だから安心して。あなたは一人じゃない。この世界から、絶対にあなたを消したりはしないから〉

最後に、彼女が言った。やっぱりはっきりした声で。

ご主人さまに伝わるように。

〈あなたに会えて、よかった〉

レンタルビデオ屋「名画館」は通常営業だ。ツタヤがいる限りこの店は開いている。ここに行けば映画がある。

レジカウンターを挟んで二人は向き合っていた。いつもの形。二人のやり取り。ボクは床に尻をついて、前足をピンと伸ばして二人を見ている。ご主人さまが右手を立てた。

「おつかれ、ツタヤ」

「おう。タツヤだけどな」

「この間はありがとう。僕のためにがんばって映画を探してくれて」

「おう。苦労したぞ。最高の一本を決めろと言われても難しい。『人生は映画だ。最高の一生が誰にも決められないように、最高の映画も誰にも決められやしない』」

「……あれ？　それは誰のセリフだっけ？」

「忘れたのか？」

「うん……。ごめん」

ツタヤが笑った。ニヤリと、すごく嬉しそうに。

「Word of Tatsuyaだ。俺の言葉だよ」

ご主人さまも笑った。

「ツタヤらしい言葉だね」

「ふん。タツヤだけどな」

ご主人さまが右手を伸ばした。ツタヤがそれを見て、唇を噛んでご主人さまの手をとった。

「僕は、君に会えて……」

手を握ったまま、ご主人さまが静かに言った。ツタヤがそれを遮って言う。

「『何かいい物語があって、それを語る相手がいる。それだけで人生は捨てたもんじゃない』」

ツタヤの目が光っていた。瞳に涙をプールしたまま微笑んでいた。

「『海の上のピアニスト』だ」

ご主人さまも微笑んだ。ツタヤと同じ表情をしていた。二人は友達なんだ。

「僕は……、映画が好きで本当によかった。映画は、僕に親友をくれたから」

ツタヤが肯いている。何度も、何度も。笑ったまま、ボロボロ涙をこぼしながら。

ご主人さまが言った。

「ありがとう。君に会えて、よかった」


ご主人さまはアパートに帰ってきてから、いろいろな手続きをはじめた。いろんなところに電話する。書類を書く。封を閉じて切手を貼る。準備が必要なのだ。

「あの……、大家さんですか？　いつも良くしていただいてありがとうございます。店子《たなこ》の者ですが、今日はお伝えしたいことがあって……」

「あ、電力会社さんの電話って、こちらでいいんでしょうか？　実は解約のお願いを
──」

「あの……、葬儀屋さんですか？　つかぬ事をお伺いしますが、自分の葬儀を自分で

手配するっていうのは、できるものなんでしょうか……？」

今度は手紙を書き始める。住所録をめくると大勢の人の名前がある。ご主人さまはそれを眺めて、一つの名前ごとに天井を向いてニヤニヤしたりしんみりしたりしている。名前なんてただの記号なのに、その記号にありえないほどたくさんの想いが詰まっている。レタス先輩の一生。ボクの一生。彼女の一生。ツタヤの一生。母さんの一生。父さんの一生。職場の同僚の一生。街を歩く見知らぬ人の一生。草原で鳴いているスズムシの一生。食卓に並んだイワシの一生。ゴミ捨て場に群がるカラスの一生。ご主人さまの一生。全部混ぜこぜになって、ぜんぶ同時に動いていて、それが世界をつくっている。意味のない一生なんてない。

人は、言葉という記号を並べて想いを伝えることができる。

ボクは猫であることに誇りを持っているけど、それはちょっとだけ、うらやましいと思う。

――叔父さん、叔母さんへ。ご無沙汰しています。

――Kへ。久しぶり。同窓会で会って以来だから五年ぶりになるのかな。元気にしてるか？　子供は大きくなったか？　Kにどうしても伝えたいことがあって手紙を書きました。

――先生。ご無沙汰しています。僕のこと、覚えてらっしゃるでしょうか。

——局長へ。長い間休んでしまってすみません。今後のことについて、お詫びとお願いがあって筆を執りました。

職場宛ての手紙は長いものになりそうだった。ご主人さまの右手が便箋の上を滑っていく。

——というわけで、近日中に僕は死にます。局長にはいろいろ教えてもらったのに、十分な恩返しもできずに申し訳ありません。お詫びついでで恐縮ですが、これから先、もし僕宛てに郵便物があったときは、下記の住所にご転送願えないでしょうか。何から何まで、甘えっぱなしですみません。

カモメ時計店　宛

最後になりますが、局長はじめ、郵便局のみなさんの幸福を祈っています。

ありがとうございました。

ずっと手紙を書いている。いくら書いても書き終わらない。それだけご主人さまにはつながりのある人がいるのだ。ご主人さまの世界は、大勢の人で満ちている。

いつの間にか、日はとっぷりと暮れていた。ご主人さまが、部屋が暗いのにようやく気づいて明かりを点《つ》ける。同時に、ご主人さまをじっと見ているボクに気づいて、「あ、夕ご飯を食べなきゃ。キャベツ」と言って夕食の準備を始めた。

テーブルには、たくさんの手紙がうずたかく積まれていた。手紙の脇には色とりどりの切手が置かれている。

ご主人さまが、なぜ郵便配達の仕事を選んだのか、それをボクは知っている。

細長くて、かじるとポロポロこぼれる甘いお菓子。それが入っていたきれいな缶。長い間空気にさらされて色褪《あ》せてしまったヨックモックの缶に、幼い日のご主人さまの夢が詰まっている。

一度だけ、ご主人さまが茶簞笥の上からその缶を取り出し、眺めているのを見たことがある。

中にあったのは、色とりどりの切手。いろんな国の、いろんな切手。

幼い日の、ご主人さまの大切なコレクションだった。

「父さんに、オリンピックの記念切手を買ってもらったんだ。それがきっかけだった」

少しだけ悲しそうな顔をしてそう言っていた。

「それから、父さんはどこかに出かける度に僕に切手を買ってきてくれた。たぶん、この切手のやり取りが、僕と父さんの数少ない対話だったんだと思うんだ」

何枚あるかもわからない数多くの切手の中で、ご主人さまがとりわけ大事にしている一枚があった。「FRANCE PARIS」と消印の押された、大きなあくびをしている猫の切手だ。まだご主人さまが小学生だった頃に、父さんが仲間と行った旅行先で送ってくれた国際郵便なのだと言っていた。その切手のことを話しているときだけは、ご主人さまは、父さんの話をしていても、優しい目をしていた。

「寡黙な父さんの、精一杯の冗談だったんだろうね。だって見てごらんよキャベツ。このあくびをしている猫、レタスにそっくりなんだ。僕、すごく嬉しくてさ。手紙を受け取った晩は眠れなかった。だって想像してごらんよ。ずっと遠く、ヨーロッパの街で父さんが猫の切手を見つけるんだ。父さんはフランス語なんて話せないから、きっと切手を買うのだってひと苦労だったはずさ。しどろもどろになりながら何とか切手を手に入れて、父さんは近くのカフェで僕に宛てた手紙を書くんだ。猫の切手を貼って、パリの黄色いポストにそれを投函する。知ってるかいキャベツ。パリの郵便ポストは黄色いんだ。日本の真っ赤なポストとはちがうんだよ」

すごく楽しそうだった。

「やがて、父さんが投函した手紙はパリで回収されてさ、郵便局から空港に届くんだ。父さんの手紙は飛行機に乗せられて、地球を半分も回って日本まで届く。そして、日本の郵便配達員の手で僕のところまで運ばれてくるんだ。すごいよねキャベツ。すごく長い道のりを、父さんの想いが運ばれてくるんだよ。それを思うだけですごく胸がドキドキした。きっとそれなんだ。だから僕は、郵便配達の仕事をしようと思ったんだ」

パキャと猫缶の開く音がする。ボクの耳がピクリと揺れる。

「高級マグロフレーク缶だ。今日はごちそうだぞ。キャベツ」

ご主人さまがボクを呼んだ。ボクはご主人さまに駆け寄る。足に頭を擦りつける。

ご主人さまは、バクバクと猫缶を食べるボクの背中をなでながら、水に落ちた木の葉がつくる波紋のように、とても静かに言った。

「キャベツ。最後の手紙をこれから書くよ。あの人に、手紙を届けなくちゃ」

日曜日

さようならこの世界

父さんへ。

突然、僕から手紙が届いたりしたら、あなたはきっとびっくりするだろうと思います。

だけど、ぜひ最後まで読んでほしいのです。

この手紙は、僕があなたに宛てて書いた、最初で最後の手紙です。

あなたには知らせていなかったけれど、実は、僕はもうすぐ死にます。

だから、この手紙は僕の遺書でもあるのです。

父さん。あなたは考えたことがあるでしょうか。

もし、この世界から猫が消えたなら、世界はどう変わるのでしょうか。

そして、世界から僕が消えたなら。

叶えられなかった夢や想い、生きている間にできなかったこと、やり残したこと、後悔がきっとたくさん残るのでしょう。

けれど、僕がいた世界と、僕がいなくなった世界は、きっとちがうはずだと僕は信じたいのです。本当に小さな、小さなちがいかもしれないけど、でも、それこそが僕が生きた証だと思うのです。もがいて、苦しんで、時々喜びながら、途切れずに生きてきた証。

それを知っていてくれる人がどこかにいるというだけでいい。ここではないどこかや、自分ではない人生じゃなく、今生きているこの世界で、僕という人間として、生きてきたことを良かったと思えるのです。

父さんへ。

ありがとう。

昔、僕が生まれた時、父さんは僕にお礼を言ったのだと母さんから聞きました。生まれたばかりの僕を、おっかなびっくり父さんは抱いて、涙を浮かべながら、僕にお礼を言ってくれたと聞きました。

生まれてきてくれて、ありがとうって。

父さん。僕は生きました。生まれてきて、時間的には充分ではなかったかもしれないけれど、父さんや母さん、友達や彼女や職場の人や猫たちに囲まれて、結構幸せに、毎日を楽しみながら、これまで生きてくることができました。

だから、僕からもお礼を言わせてほしいのです。

父さん。僕を、この世界に存在させてくれて、どうもありがとう。

父さんと母さんのおかげで、僕はたくさんの人に会うことができた。

父さんと母さんが僕をこの世界に存在させてくれたから、僕は、父さんにも、母さんにも、彼女にも、ツタヤにも、レタスやキャベツにも会うことができたのです。僕の人生を、この世界に刻むことができたのです。

父さん。実は僕、知っているんです。

レタスが死んでしまって、母さんが生きる気力を失ってしまったあの時、キャベツを見つけて僕らの家に連れてきてくれたのは、実はあなたなんだって。

いつかの家族旅行の時みたいに、あなたが街を歩き回って、レタスに似た子猫を見つけてきてくれたんだって。

父さん。あなたがスーパーに行き、「キャベツ」と書かれたダンボール箱を、お店の人に頼んでゆずってもらう姿を想像すると、笑ってしまいます。そのダンボール箱に毛布を敷き、小さな子猫をそっとその中に入れるあなたを想像すると、僕はすごく不思議な気持ちになります。軒先で鳴いているキャベツを見つけたとき、母さんがどれほど嬉しかったか、それを想像すると涙が出てきます。

父さん。キャベツを連れてきてくれて、ありがとう。

キャベツに、キャベツという名前を与えてくれて、ありがとう。

きっと、母さんも気づいていたのだと思います。

キャベツを僕らの家族にしてくれたのは、父さん、あなたなんだって。

父さん。もう一つ。僕は気づいていたのに、気づかない振りをしてきたことがあるんです。

最後の家族旅行で撮った、僕と母さんとキャベツの写真。

ひどくピンボケして、まともに顔もわからない、下手くそな一枚の写真。

あの写真を撮ってくれたのは、父さん、あなたでしたね。

本当は僕は気づいていたんです。父さん。カメラを持つあなたの手が、ずっと震えていたことに。

僕と母さんと父さんとキャベツ。家族がそろったあの瞬間に、こみ上げてくる涙を、あなたがぐっと堪《こら》えていたのだということに。

父さん。僕にはまだ、あなたに伝えたいことがたくさんあります。

時間も、言葉も足りないけれど、せめてあなたに、伝える努力をさせてください。

父さん。僕は、あなたが母さんに向けた愛を充分に理解できなかったけれど、僕と母さんとレタス、それにキャベツはあなたの家族です。
僕はあなたを許します。
だからあなたも、
どうか僕を許してください。

最後に、あなたにお願いがあるのです。
キャベツをどうかよろしく。
キャベツに名前を付けてくれたあなたに、キャベツを預けます。

ご主人さまの汗が、朝日を受けてキラキラ光っている。自転車のペダルを踏むたびに、車輪はアスファルトを嚙んで、坂のてっぺんが近づいてくる。
あの向こうには海がある。海に続く道路の先には時計店があって、そこにはご主人さまの家族がいる。ご主人さまは、父さんに会いに、今、坂道をのぼっている。額に汗を浮かべて、全力で自転車をこいでいる。

「キャベツ。帰ろう」

前かごに収まったまま、ボクは顔を上げてご主人さまを見た。ご主人さまは前を見ていた。朝の白い光を、しっかりとその瞳に受け止めていた。

帰ろう。

「ミャア」

ボクは鳴いた。あなたに、この言葉を。

届け。

ねえご主人さま。

ボクはあなたが好きだよ。

ねえご主人さま、ボクからも言わせてほしいんだ。

ありがとうって。

―本書のプロフィール―

本書は、二〇一六年三月に小学館ジュニア文庫で刊行した同名の作品に、加筆して文庫化したものです。

小学館文庫

世界《せかい》からボクが消《き》えたなら
—映画《えいが》「世界《せかい》から猫《ねこ》が消《き》えたなら」キャベツの物語《ものがたり》—

著者　涌井《わくい》 学《まなぶ》
原作　川村元気《かわむらげんき》

二〇一六年五月十二日　初版第一刷発行

発行人　菅原朝也
発行所　株式会社 小学館
〒一〇一-八〇〇一
東京都千代田区一ツ橋二-三-一
電話　編集〇三-三二三〇-五九五九
　　　販売〇三-五二八一-三五五五
印刷所――凸版印刷株式会社

ISBN978-4-09-406287-8